DIE BIBEL

KREUZ UND QUER

60 spannende Storys

Titel der englischsprachigen Originalausgabe: The Link-It-Up Bible. 60 Fantastic Stories
© The Society for Promoting Christian Knowledge, London 2020
Text: © Bob Hartman 2020
Illustrationen: © Gareth Williams 2020

Für die deutschsprachige Ausgabe:
2. Auflage 2025
© Verlag Herder GmbH, Freiburg im Breisgau 2020
Hermann-Herder-Straße 4, 79104 Freiburg
produktsicherheit@herder.de
http://www.herder.de


Übersetzung: Annette Nau
Veröffentlicht mit freundlicher Genehmigung von SPCK, London.
Coverdesign: Sandra Hacke, Dachau
Herstellung & Satz: Arnold und Domnick, Leipzig
Druck: GGP Media GmbH, Pößneck
Printed in Germany

ISBN 978-3-451-70930-2

Bob Hartman
Gareth Williams

# DIE BIBEL

## KREUZ UND QUER

### 60 spannende Storys

Aus dem Englischen
von Annette Nau

HERDER

FREIBURG · BASEL · WIEN

# Inhalt

## ALTES TESTAMENT

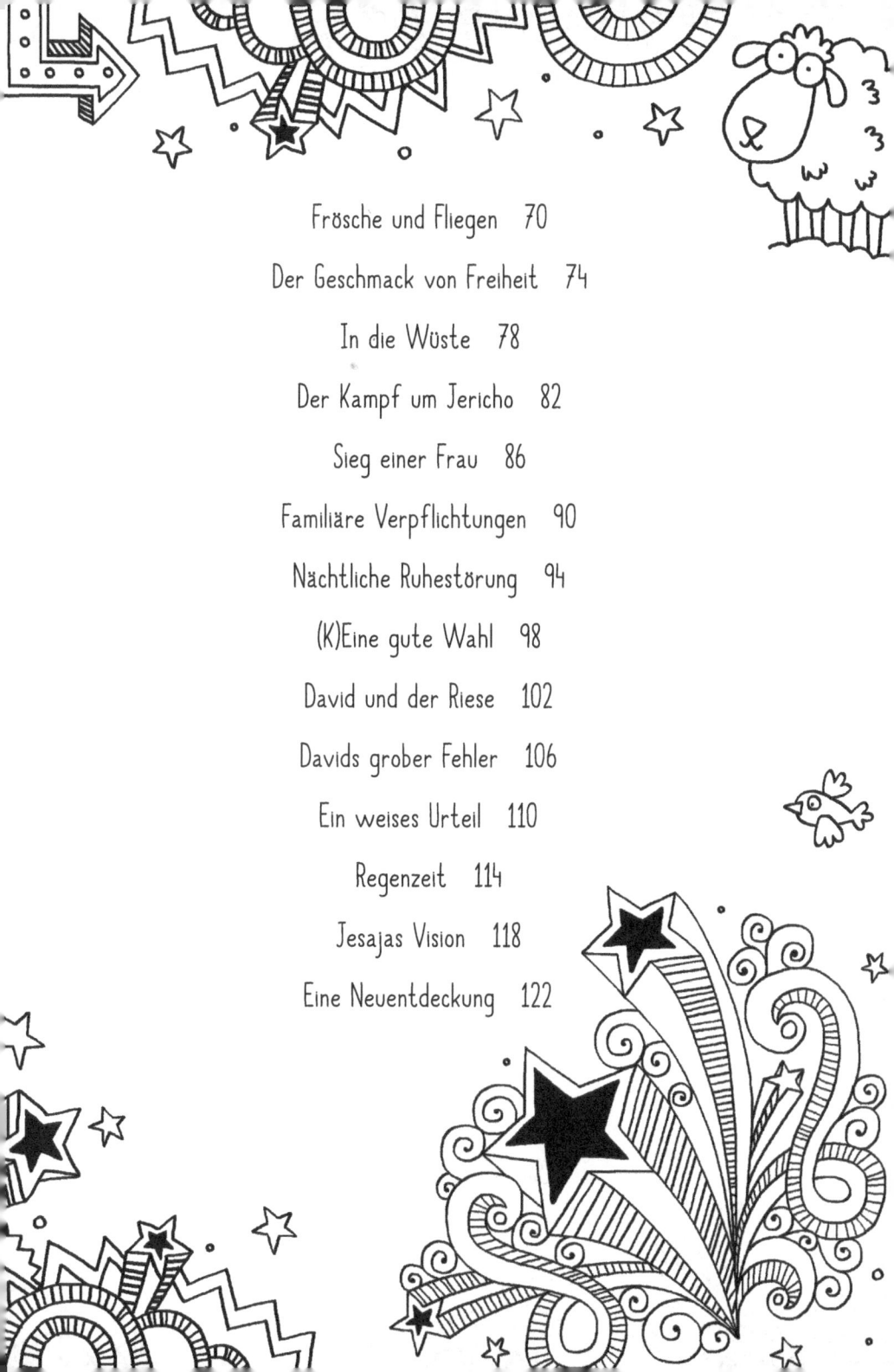

# NEUES TESTAMENT

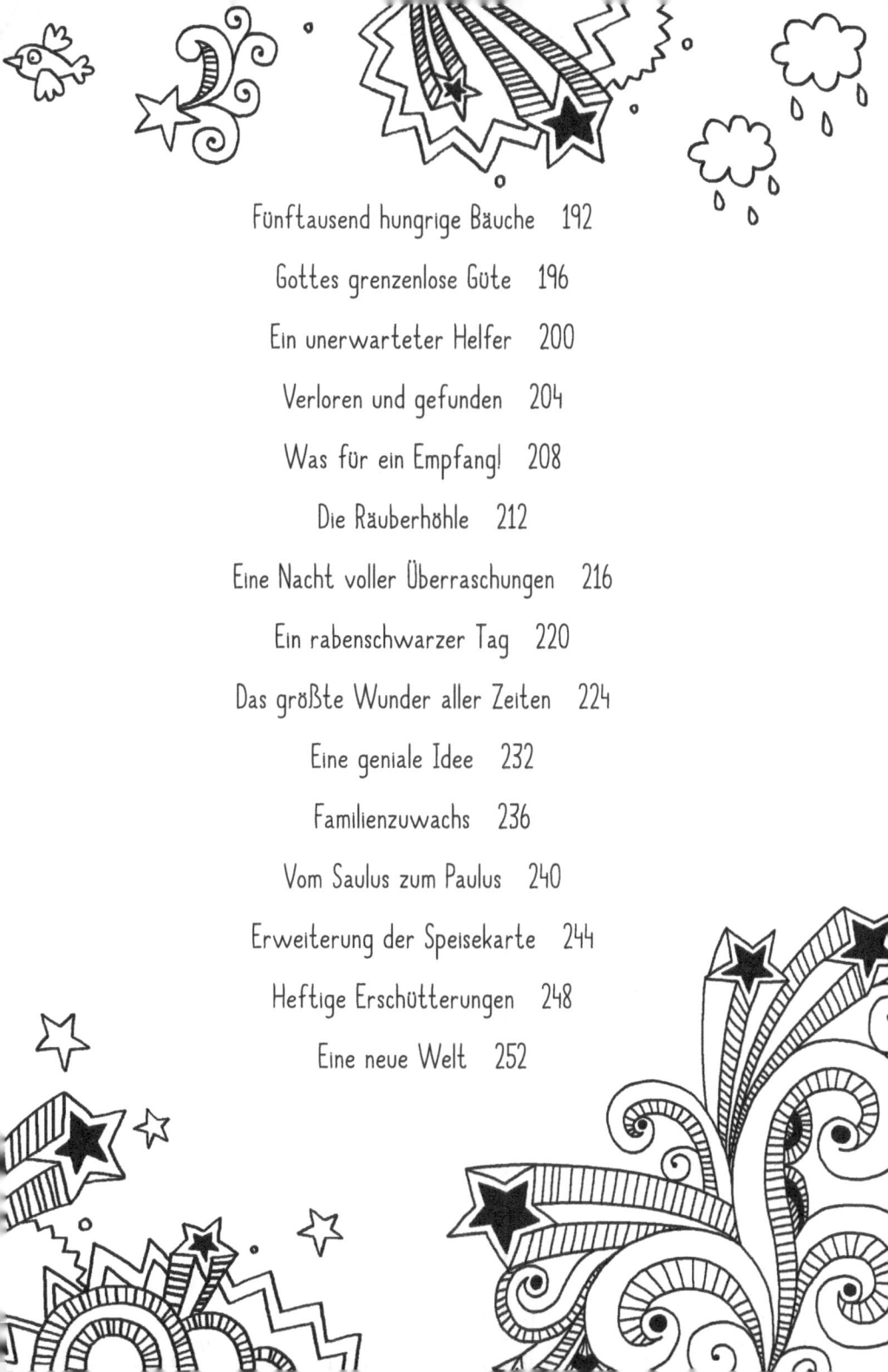

# ALTES TESTAMENT

# DIE SCHÖPFUNG

AM ANFANG war **GOTT, DER VATER**. Am Anfang war **GOTT, DER SOHN**. Am Anfang war **GOTT, DER HEILIGE GEIST**. Und das war alles. Da sagte Gott „**LICHT**", und es war Tag, und es war **NACHT**. Und das war alles. Aber es sollte noch mehr kommen, sehr viel mehr ... Also sagte Gott „**MEER**" und „**HIMMEL**" und „**RAUM**". Und WELLEN WOGTEN und Wolken wallten und das Weltall wUCHS. Und das war alles. Aber es sollte noch mehr kommen, sehr viel mehr ...

Also sagte Gott „**LAND**", und das Wasser teilte sich ...

IN WELCHER ANDEREN BIBELGESCHICHTE TEILT SICH DAS WASSER?

... und hohe Berge und tiefe Täler und weite Ebenen entstanden. Und das war alles. Aber es sollte noch mehr kommen, sehr viel mehr ... Also sagte Gott „**PFLANZEN**", und überall schossen BLUMEN, Sträucher

und Bäume aus dem Boden. Und das war alles. Aber es sollte noch

mehr kommen, sehr viel mehr ... Also sagte Gott „**SONNE**" und

„**MOND**" und „**STERNE**" und schenkte dem Tag und der Nacht Licht.

Und das war alles. Aber es sollte noch mehr kommen, sehr viel mehr ...

Also sagte Gott „**FISCHE**", und sie schnellten aus den

Wellen und tauchten HINAB

in die Tiefen der MEERE und jagten flussauf und flussab. Und das war alles. Aber

es sollte noch mehr kommen, sehr viel mehr ... Also sagte Gott „**VÖGEL**",

HI!

und ihre Schwingen teilten die Lüfte, und ihre Krallen umklammerten

die Äste, und ihr Gesang erfüllte den Himmel.

WUNDER-
VOLL!

Und das war alles. Aber es sollte noch mehr kommen,

sehr viel mehr ... Also sagte Gott „**TIERE**", und die Wälder und Felder begrüßten das neue wilde, wimmelnde Leben, das gerade

begonnen hatte. Und das war alles. Und alles war wunderbar. Aber es sollte

noch mehr kommen, sehr viel mehr. Also schuf Gott **DICH**.

Genauer gesagt, eine  oder einen wie dich.

Und wie er selbst. Erschaffen nach seinem Bild ...

**KENNST DU NOCH
EIN EBENBILD GOTTES?
TIPP: AN WEIHNACHTEN
FEIERN WIR SEINEN
GEBURTSTAG...**

Erschaffen, um zu erschaffen. Erschaffen, um zu **LIEBEN**. Erschaffen, um für

alles, was da war, zu sorgen. Als Gott fertig war, ruhte er sich aus, aber nur kurz. Denn

wie seine und unsere Geschichte zeigt, sollte noch MEHR kommen, sehr viel mehr ...

# VERSTECKSPIEL MIT GOTT

Also, was passierte dann? Offenbar etwas Trauriges. **GOTT** legte einen **GARTEN**

 an, einen vollkommenen Ort, ein Zuhause für

ADAM, den ersten Mann, und EVA, die erste Frau.

Aber dort lebte auch eine **SCHLANGE** – das listigste Geschöpf Gottes. Eines

Tages schlängelte sich die Schlange an Eva heran, die mit Adam gerade am Baum der

Erkenntnis von **GUT** und **BÖSE** stand. „Hat Gott wirklich gesagt,

BAUM DER ERKENNTNIS

dass ihr nicht von den Früchten der Bäume in diesem **WUNDERBAREN** Garten,

dem Garten Eden, essen dürft?", fragte sie. „Natürlich nicht", antwortete Eva. „Wir

dürfen FRÜCHTE von JEDEM Baum essen. Also abgesehen vom BAUM der Erkenntnis

hier in der Mitte des Gartens." Und dann bückte sie sich und flüsterte: „Gott sagt,

NICHT ESSEN!

wenn wir von diesem Baum essen, sterben wir." „Sterben?", SCHNAUBTE

LECKER!

die Schlange. „Sei nicht albern! Ihr werdet nicht sterben. **GOTT** will nicht, dass ihr

die Früchte esst, weil ihr sonst alles wisst, was er weiß –

das Gute und das Böse –, und dann wärt ihr wie er!"

„HMM", dachte Eva. „Wenn die Früchte so gut schmecken, wie sie aussehen, wäre

es einen Versuch wert. Und wenn ich davon schlau werde, erst recht ..." Da nahm sie

einen Bissen                    von der Frucht und gab sie an Adam weiter, und auch er biss

davon ab. Und genau in diesem Moment bemerkten sie

etwas, was ihnen zuvor noch nie aufgefallen war:

Sie waren NACKT! Und wichtiger noch als

diese Erkenntnis: Sie schämten sich dafür, dass sie nackt waren. Deshalb nähten

sie sich Kleider aus Feigenblättern. Als sie am

Abend (hörten), wie Gott durch den **GARTEN**

ging, versteckten sie sich vor ihm hinter den Bäumen.

„Wo seid ihr?", rief Gott.

DA SIND
SIE!

15

„WIR VERSTECKEN UNS!", rief Adam. „Ich hab deine Schritte im GARTEN gehört und ich war nackt. Deshalb hatte ich Angst." „Woher wusstest du, dass du nackt bist?", fragte Gott traurig. „Ihr habt die Frucht dieses Baums GEGESSEN, stimmt's?"

„Die Frau ist schuld!", verteidigte sich Adam und zeigte auf Eva. „Die Frau, die du mir gegeben hast!" „Die Schlange hat mich ausgetrickst!", entgegnete Eva und zeigte auf die Schlange. „Deshalb habe ich von der Frucht gegessen."

AUTSCH!

„SCHLANGE", sagte Gott, „du sollst VERFLUCHT sein. Du sollst auf deinem Bauch kriechen. Du und die Frau, ihr werdet zu Feinden. Und EINES Tages wirst du eins ihrer Kinder in die Ferse beißen und es wird DEINEN KOPF ZERTRETEN." Und Gott fuhr fort: „Frau, unter Schmerzen wirst du deine Kinder bekommen. Und dein Mann wird über dich herrschen. Und du, Adam ...", so beendete Gott seine Strafpredigt, „du musst ab jetzt selbst dafür sorgen, dass etwas zu essen WÄCHST. Und das wird nicht leicht. Du musst die Erde HACKEN und GRABEN und **PFLÜGEN**. Und du selbst wirst zu Erde, wenn du

stirbst." Dann machte Gott aus Tierhäuten Kleider für Adam und

Eva und warf die beiden (RAUS) aus dem wunderbaren Garten.

Vor das Tor stellte er als Wache einen Kerubim mit einem

BETRETEN
VERBOTEN!

FLAMMENschwert, damit sie nicht etwa zurückkehrten und vom

**BÀUM DES LEBENS** aßen, um ewig zu leben. Doch das war noch nicht

das Ende der Geschichte. Es sollte noch mehr kommen, sehr viel MEHR Da gab

es ja dieses **VERSPRECHEN**: Dass ein Kind kommen sollte, das eines Tages

den Kopf der Schlange zertreten und sie für alle Zeiten vernichten würde ...   OH, OH!

AHNST DU,
WER DIESES
KIND SEIN
KÖNNTE?

# DIE ARCHE UND DAS HEFTIGE UNWETTER

Als Gott die **WELT** erschuf, machte er sie wunderschön. Er gestaltete einen

geschützten Raum, einen PERFEKTEN Ort zwischen dem Chaos aus dem Regenwasser

oben und dem Meerwasser unten, wo Frauen und Männer **LEBEN** und LIEBEN

und **GEDEIHEN** konnten. Doch der erste Mann und die erste Frau gehorchten

Gott nicht. Einer ihrer Söhne tötete den anderen. Und mit der Zeit

hörten die Menschen immer weniger auf **GOTT** und immer mehr auf ihre selbstsüchtigen

Herzen. Sie taten einander **FURCHTBARE** Dinge an und stifteten ein riesiges CHAOS

nicht nur in der Welt, die Gott ihnen gegeben hatte, sondern auch in ihrem eigenen

Leben. Schließlich war es so schlimm, dass Gott bereute, die Menschen geschaffen

zu haben. Deshalb beschloss er, noch einmal von vorn zu beginnen. Er FAND einen

einzigen guten Menschen, NOAH.

Ihm befahl er, ein richtig GROSSES Schiff zu bauen: eine Arche. „Die Menschen haben die schöne Welt, die ich für sie gemacht habe, gewaltig in Unordnung gebracht", sagte er zu Noah. „Deshalb werde ich zulassen, dass das Chaos aus dem Regenwasser oben und dem Meerwasser unten sich Bahn bricht in einer GIGANTISCHEN Flut, die alles Leben auf der Erde auslöscht. Überleben sollen nur du und deine Familie. Und die Tiere, die ihr mit in die ARCHE nehmt." Also bauten Noah und seine Familie eine Arche und VERSAMMELTEN dort Paare von allen Tieren der Welt. Darunter waren auch 7 Arten, von denen Gott seinem Volk eines Tages sagen würde, sie seien „rein" und deshalb zum Verzehr „geeignet". Und als alle an Bord waren, verschloss Gott die Luke und es begann zu regnen. Vierzig

TAGE und NÄCHTE lang regnete es, die Meere

traten über ihre Ufer und schwollen an, bis sie eins

wurden mit den Regenfällen des Himmels. Und der wunderschöne Ort, den

GOTT für die Menschen geschaffen hatte, wurde fortgespült – und mit ihm das

Chaos und die Gewalt, die das Leben der Menschen bestimmt hatten. Aber Gott

VERGASS Noah und seine FAMILIE nicht – und ebensowenig die Welt,

die er erschaffen hatte. Deshalb schickte er einen STURM. Dann schloss er die

Fenster des Himmels und die Brunnen der Meere, die er geöffnet hatte, um die

Erde zu fluten. Die Arche setzte auf einem BERG auf.

Lange Zeit wartete Noah und schickte einen Raben und eine

Taube aus, um zu sehen, ob es irgendwo einen Platz gab, auf dem sie landen

konnten. Als die Taube das zweite Mal zurückkehrte, mit

einem OLIVENZWEIG im Schnabel, wusste Noah, dass das Wasser

sich zurückgezogen hatte. Sieben Tage SPÄTER kehrte die Taube nicht

mehr zurück, da verließ Noah die Arche. Mit seiner Familie und allen Tieren.

Genau wie sein erster **MANN** und seine erste **FRAU** erhielten Noah und

seine Familie von Gott den Auftrag, Kinder in die Welt zu setzen und die Erde

mit LEBEN zu füllen. Dann malte Gott einen Regenbogen an den Himmel –

als Zeichen seines VERSPRECHENS,

nie wieder eine solche Flut über

die **ERDE** kommen zu lassen.

# GOTTES GROßES VERSPRECHEN

Gott vergaß seine **VERSPRECHEN** nicht. Weder sein Regenbogen-Versprechen noch

das andere – das Versprechen, ein Kind zu schicken, das die Schlange zertreten würde,

um das **FALSCHE** zu besiegen und das **RICHTIGE** zu tun. Es sollte noch mehr

kommen, sehr viel **MEHR!** Und das war der Anfang: Es gab einen Mann namens

Abram, der an einem Ort namens **HARAN** lebte. Eines Tages sprach Gott zu

**ABRAM**: „Folge mir. Verlass dein Land, Abram.

**LASS ALLES ZURÜCK!**

ABRAMS HAUS

HMM ...

Verlass deine Verwandten, Abram. Verlass das Land deiner

Väter, Abram, und **FOLGE** mir in das Land, das ich dir zeigen werde." Gott gab Abram keine Landkarte. Er gab ihm keine

**WEGBESCHREIBUNG**. Abram hatte keine Ahnung,

wohin er ging. Aber er hatte Gottes Versprechen. „Wenn du mir folgst", sagte Gott,

„werde ich aus deinen Kindern ein GROßES Volk machen. Ich werde dich beschützen.

Ich werde dich segnen. Und deine Familie wird ein Segen sein für alle Familien der Welt."

Das war ein **GROßES** Versprechen. Doch die eigentliche

**ÜBERRASCHUNG**

ZIEMLICH ALT!

war, dass Abram gar keine Kinder hatte. Und er war schon

fünfundsiebzig, seine Frau nicht viel jünger. Aber was tat Abram?

Er **VERTRAUTE** Gott. Er glaubte an dieses unglaubliche

(VERSPRECHEN). Er nahm seine Frau, seine Familie und all

seinen Besitz und machte sich auf den Weg nach

**WER-WEIß-WOHIN**. Gott wusste es natürlich.

Als Abram und seine Familie schließlich in einem Land namens
ankamen, sagte Gott: „Das ist der Ort. Eine neue **HEIMAT**
für dich und deine Kinder!" Abram baute einen Altar auf und dankte Gott.

Allerdings hatte er noch immer keine Kinder. Die Zeit
verging, und Abram und seine Frau **SARAI** wurden
immer älter, aber Nachwuchs bekamen sie nicht. Gott
segnete Abram zwar mit immer GRÖßEREN Schafs-, Ziegen-
und Rinderherden. Und mit mehr und mehr Land. Aber nicht
mit Kindern. Mit keinem einzigen. Das beunruhigte Abram
verständlicherweise. Als er eines Abends in seinem Zelt saß,
erschien ihm Gott. „Hab keine Angst", sagte Gott. „Ich bin immer
noch da – ich bin dein **SCHUTZSCHILD**. Und du wirst alles
bekommen, was ich dir versprochen habe." „Aber Herr", antwortete
Abram, „ich hab immer noch keine Kinder! Na ja, es gibt da diesen entfernten

Verwandten, **ELIESER**, dem ich mein Erbe vermachen kann ..." „Nein", sagte Gott.

„Nicht ihm. Dein eigenes Kind wird dein Erbe sein. Vertrau mir. Geh mal kurz aus dem Zelt." Und Abram gehorchte – dieses Mal war der WEG bedeutend kürzer: Er trat vors Zelt. Es war eine wolkenlose NACHT. „Schau in den Himmel", sagte Gott, „schau in den Himmel und zähl die Sterne." Am Himmel waren viel zu viele, um sie zählen zu können.

„Deine Nachfahren, Abram – deine **KINDER** und **ENKEL** und **URENKEL** und alle, die nach ihnen kommen –, werden zahlreicher sein als die Sterne am Himmel. Also vertrau mir, Abram." Und was tat Abram? Genau wie damals, als er seine Heimat verlassen hatte und aufgebrochen war in ein unbekanntes Land, vertraute er Gott und **GLAUBTE**, dass da noch mehr kommen würde, sehr viel MEHR.

Und dass Gottes Versprechen eines Tages wahr werden würde.

# DREI GEHEIMNISVOLLE GÄSTE

Abram **WARTETE** und **WARTETE** –  HALLO, MEIN NAME IST **ABRAHAM!**

darauf, dass Gottes Versprechen wahr wurde. Er

wartete (buchstäblich) so lange, dass Gott Zeit genug hatte, Abrams Namen

zu ÄNDERN. „Dein Name ist nicht länger Abram (das bedeutet: **ERHABENER**

**VATER**)", sagte Gott. „Von nun an heißt du ABRAHAM (**VATER DER**

**VÖLKER**)." Und wo er schon dabei war, änderte Gott auch gleich noch

den Namen von Abrahams Frau: Statt Sarai (Prinzessin) hieß sie nun Sarah

(**MUTTER DER VÖLKER**). Es waren kleine Änderungen, aber sie hatten

eine GROßE Bedeutung, denn sie waren ein weiteres Zeichen dafür,

dass Gott vorhatte, sein Versprechen einzulösen – er würde LIEFERN.

Und ungefähr 24 Jahre, nachdem Abraham seine Heimat

verlassen hatte, um Gott nach KANAAN zu folgen, bekam er

unerwartet Besuch von **DREI** Männern.

WIRFT SCHATTEN!

26

Abraham saß gerade vor seinem Zelt im Schatten der Eichen

von Mamre. Als er seinen Blick  – ÜBERRASCHUNG! –,

standen sie plötzlich da! Er ging zu ihnen, verneigte sich und sagte:

„O Herr! Wenn es dir gefällt, dann bleib ein Weilchen. Ich werde dir

Wasser bringen lassen, damit du dir deine

FÜßE waschen kannst. RUH dich ein

wenig im Schatten dieses Baums aus. Ich bring dir

auch etwas zu ESSEN. Und wenn du dich erfrischt

hast, kannst du deine REISE fortsetzen."

Das klingt ein wenig komisch, oder? Er sprach mit DREI Besuchern, aber es

hört sich an, als würde er nur mit einem (REDEN). Und er nannte den Gast

„Herr", das klingt, als ob er einen König vor sich gehabt hätte.

27

Oder ... vielleicht sogar ... **GOTT**! Die Sache ist die: Abraham hatte schon

sehr oft mit Gott gesprochen. Und wenn jemand wusste, wie sich die

**STIMME** Gottes anhörte, dann er. Abraham *EILTE* also ins Zelt

(so schnell das bei einem Neunundneunzig-

jährigen eben geht) und sagte zu seiner

Frau: „Sarah! Wir brauchen Mehl. Sehr viel Mehl! Und du musst **KUCHEN** backen!"

Dann rannte er (wieder im Eiltempo eines alten Mannes)

hinaus zur Weide, wo seine Rinder grasten. Er wählte sein

**BESTES** Kalb aus und wies einen Knecht

an, es zu schlachten, um daraus ein Essen zu bereiten.

Und als alles fertig war, servierte er den Gästen den Kuchen und das gekochte

Kalb mit reichlich **MILCH**. **LECKER!** Während die Gäste aßen, fragten sie:

„Wo ist deine Frau Sarah?" „Im Zelt", antwortete Abraham. Da sagten die Gäste:

„Nächstes Jahr um diese Zeit wird Sarah einen **SOHN** geboren haben."

Sarah war aber gar nicht im Zelt, sondern lauschte am Eingang.

**WAS?!**

„Eine alte Frau wie ich, mit fast neunzig Jahren, soll tatsächlich noch ein Kind

bekommen?", murmelte sie vor sich hin. Und dann **LACHTE** sie. „Warum

zieht Sarah unsere Worte in Zweifel?", fragten die Besucher Abraham. „Und

warum hat sie gelacht? Für Gott ist nichts **UNMÖGLICH**! In einem Jahr

kommen wir wieder, und bis dahin hat sie einen Sohn." Als Sarah bemerkte,

HINTER DIR! dass die Besucher sie gehört hatten, bekam sie ANGST.

„Ich hab nicht gelacht!", behauptete sie. „Und ob!", entgegneten die

Männer. Und es wäre weitergegangen wie in einem SCHAUSPIEL,

wenn die Besucher sich nicht auf den Weg gemacht hätten. Ein Jahr verging,

und wie versprochen: Sarah bekam tatsächlich einen Sohn.

Und wie nannte sie ihn? „LACHEN"! Denn genau das bedeutet

der Name **ISAAK**. Aber es sollte noch mehr kommen, natürlich:

eine große Familie – aus der eines Tages dieses besondere

Kind hervorgehen würde.

# EIN UNMENSCHLICHES OPFER

**DAS WARTEN HAT EIN ENDE!** →

Abraham hatte einen Sohn. Er war der Anfang des **GROßEN** Volkes, das – wie Gott ihm versprochen hatte – aus seiner Familie entstehen sollte! Isaak wurde vom BABY zum KIND und schließlich zu einem jungen MANN. Und eines Tages meldete sich Gott wieder bei Abraham. „Ich will, dass du nach **MORIA** gehst", sagte Gott. „Bau dort einen Altar auf und opfere Isaak, den Sohn, den du liebst." Abraham traute seinen Ohren nicht. Nach all dem Warten und Vertrauen, das er Gott die vielen Jahre über geschenkt hatte, war das

**VERTRAU AUF GOTT!**

**VERSPRECHEN** endlich wahr geworden. Und nun wollte Gott, dass er seinen Sohn tötete und mit ihm das Versprechen? Aber er vertraute Gott immer noch. Und dieses Vertrauen hatte ihn weit

**SPOILER!** →

gebracht. „Für Gott ist alles möglich", dachte er. „Er kann  sogar Tote auferstehen lassen. Vielleicht hat er genau das mit Isaak vor." Am nächsten Morgen sattelte Abraham also seinen Esel und hackte HOLZ für das Opferfeuer.

Dann zogen er und Isaak zusammen mit zwei Knechten nach Moria. Sie brauchten 3 Tage. Und als der Ort, den Gott für das OPFER ausgewählt hatte, schließlich in Sicht war, befahl Abraham den Knechten, beim Esel zu bleiben. Er lud Isaak das Holz auf den Rücken und nahm eine BRENNENDE Fackel in die eine und ein Messer in die andere Hand. Und dann zogen sie los, Vater und Sohn. Während sie gingen, stellte Isaak eine Frage. Eine Frage, die Abraham das HERZ zerriss: „Wir haben Feuer und Holz, Vater. Aber wo ist das Opferlamm?"

PIEP!

**DIESE GESCHICHTE HAT ÄHNLICHKEITEN MIT DEN EREIGNISSEN, AN DIE WIR UNS AN OSTERN ERINNERN.**

„Gott wird uns das Lamm geben, mein Sohn", *flüsterte* der alte Mann, und sie

gingen schweigend weiter. Als sie den Ort, den Gott gewählt hatte, **ERREICHTEN**,

baute Abraham einen Altar aus Steinen. Er nahm das Holz von Isaaks Schultern und

schichtete es darauf. Dann fesselte er Isaak und legte ihn auf die

Holzscheite. Man mag sich die *schrecklichen* Gedanken kaum

**VORSTELLEN**, die Isaak da durch den Kopf schossen. Und als wäre es die

Antwort auf seine schlimmsten Befürchtungen, erhob Abraham das Messer. Genau in

diesem Moment aber hörte er eine STIMME – vom Himmel herab.

„Tu dem Jungen nichts!", rief der Engel Gottes. „Gott weiß jetzt, dass du ihn

wahrhaftig EHRST und ihm allein vertraust, denn du warst bereit, ihm deinen

einzigen Sohn zu opfern." Abraham blickte auf und sah einen Widder, der sich mit

seinen Hörnern im Gestrüpp verfangen hatte. Abraham packte den Widder, band

seinen Sohn los und opferte an dessen Stelle den Widder.

Den Ort, an dem er den Altar gebaut hatte, nannte er

**„DER HERR SIEHT".** Die Worte, die der Engel dann sprach,

waren ein **ECHO** des bekannten Versprechens: „Weil du bereit warst,

Gott deinen Sohn zu opfern, wird Gott dich segnen. Und deine Nachfahren werden

**ZAHLREICHER** sein als die Sterne am Himmel und die Sandkörner am

Meeresstrand!" Gott machte das Versprechen wahr und nach

und nach fing die Familie an zu **WACHSEN** ...

# EINE HAARIGE SACHE

Isaak heiratete eine Frau namens **REBEKKA**. Sie bekamen zwei Kinder,

die Zwillinge **ESAU** und **JAKOB**. Esau wurde als Erster geboren und war über und

über mit roten Haaren bedeckt. Jakob kam gleich nach ihm zur Welt und hielt

sich dabei mit einer Hand an der Ferse seines GROSSEN Bruders fest –

ein ZEICHEN für den Ärger, der da kommen sollte. Ärger, bei dem

Jakob und Rebekka auch ihre „Hand" im Spiel hatten. Esau war Isaaks Liebling.

COOLES ZELT!

Er war stark behaart und GROSS und **KRÄFTIG**. Ein Jäger.

Rebekka dagegen bevorzugte Jakob, der gern im Haus

blieb – oder besser gesagt im Zelt.

**JAKOBS LINSEN- EINTOPF**

Eines Tages war Jakob im Zelt und kochte Linseneintopf.

Esau *STÜRMTE* herein, ausgehungert von der Feldarbeit.

„Gib mir was vom Eintopf", VERLANGTE er. Da sah Jakob seine

Chance gekommen, sich etwas zu schnappen, das Esau besaß. Etwas, das Jakob

unbedingt haben wollte. Es war das Recht des Erstgeborenen Esau, nach Isaaks Tod über die Familie zu bestimmen. Und wichtiger noch als das:

Esau würde sicher das Versprechen zuteil werden, das Gott Abraham gegeben hatte

und das auf Isaak übergegangen war. Jakob GRINSTE, schöpfte

eine Schale Eintopf und sagte: „Du kannst gern was von dem Eintopf

haben ... wenn du mir dafür dein ERSTGEBURTSRECHT gibst." „Was nützt mir

dieses Recht", grummelte Esau, „wenn ich am Verhungern bin? Also nimm es. Es ist

deins!" Ein guter Handel für den Anfang, aber Jakob

brauchte noch etwas, damit all diese Versprechen

ERSTGEBURTS-
RECHT

wahr werden konnten – den Segen seines Vaters. Und auch dazu ergab sich

schließlich die Gelegenheit: „Geh für mich auf die Jagd", sagte Isaak eines Tages zu

Esau. Er war alt und **BLIND** und am Ende seiner Tage angelangt. „Bring die Beute

heim und bereite sie so zu, WIE ICH ES MAG. Danach werde ich dir meinen

SEGEN geben." Rebekka hatte gelauscht. Und

RIECHT
LECKER!

nachdem sie gehört hatte, was Isaak wollte,

erzählte sie es sofort Jakob.

OH, OH!

„Schlachte zwei Ziegen", sagte sie zu ihm. „Ich bereite sie so zu, wie er es mag. Dann kannst du deinem Vater das Essen bringen und dich statt Esau von ihm segnen lassen!" „Aber er wird merken, dass ich es bin", protestierte Jakob. „Ich bin nicht so **BEHAART** wie mein Bruder." Aber auch daran hatte Rebekka gedacht. „Wir wickeln ein Ziegenfell um deinen **HALS** und deine **HÄNDE**", sagte sie. „Und wenn Isaak dich zufällig berührt, wird er keinen Unterschied erkennen. Oh, und ‚leih' dir ein paar von Esaus KLEIDERN, damit du so riechst wie er." Jakob betrat das Zelt seines Vaters, den Braten in seinen fellbedeckten Händen, und glänzte in der Rolle des **ESAU**. „Hier ist dein Essen, Vater", sagte er. Isaak war zwar blind, aber nicht dumm. „Das ging aber schnell", antwortete er. „Aber was ist mit deiner **STIMME** los? Du klingst fast wie dein Bruder Jakob." Dann bat er Jakob, näher zu treten. Er BERÜHRTE Jakobs „haarige" Hand und ROCH an Jakobs

ESAU, BIST DU'S?

„geliehenen" Kleidern. Da war er zufrieden, lächelte, aß und sagte: „Du bist es, Esau! Hier hast du meinen Segen!" Jakob *RANNTE* zurück **JUHU!**

zu Rebekka und die beiden **FEIERTEN**. Als Esau kurz darauf zurückkehrte

und dem Vater das zubereitete Essen brachte, fand er heraus, was Jakob getan

hatte. Und dessen Freude verwandelte sich in **PANIK**. „Wo ist er?", schrie

Esau. „Wo ist mein Bruder, der Betrüger? Wenn ich ihn

erwische, bring ich ihn um!" Aus **ANGST** um sein Leben

floh Jakob in Rebekkas ( Heimatland ). Aber Esau war noch

nicht mit ihm fertig. Genauso wenig wie **GOTT**.

Denn es sollte noch mehr kommen, sehr viel mehr ...

# DIE HIMMELSLEITER

Jakob *RANNTE*. Er rannte um sein Leben. Er hatte seinen

Zwillingsbruder Esau **BETROGEN** und ihn um sein Erbe

gebracht. Dafür würde Esau ihn töten. „Geh zu meinem Volk",

hatte seine Mutter Rebekka gesagt. „Geh nach Haran und

bleib bei meinem Bruder **LABAN**. Such dir dort eine Frau."

Also rannte Jakob. Und als er nicht mehr konnte, weil ihm die Puste

ausging und er Krämpfe in den Beinen bekam, ließ er sich zu Boden **AUTSCH**

fallen. Er legte seinen Kopf auf einen großen Stein –

nicht gerade das bequemste KISSEN – und schlief erschöpft ein.

Plötzlich wachte er auf – zumindest meinte er, er wäre wach, denn sein

Traum schien so real. Eine **LEITER** tauchte vor ihm auf – eine

HOCH HINAUS!

Leiter, die von der staubigen ERDE, auf der er lag,

HOCH hinauf in den Himmel reichte. Und auf

jeder ihrer Sprossen stand ein Engel.

Manche Engel stiegen gerade hinauf, manche hinunter – eine STRAHLENDE, schwebende Parade zwischen Himmel und Erde. Auf der letzten Stufe, ganz oben, stand **GOTT** persönlich! „Ich bin der Gott deines Großvaters Abraham", verkündete er, „und auch der Gott deines Vaters Isaak. Das Land, auf dem du liegst, ist mein Geschenk an dich und deine **KINDER** und **ENKELKINDER** und alle, die noch folgen werden. Sie werden sich wie Staubkörner verteilen – nach NORDEN und SÜDEN und OSTEN und WESTEN. Und durch deine Familie werde ich jedes Volk der Erde segnen. Ich werde dich behüten und BESCHÜTZEN und dich eines Tages in dieses Land zurückführen. Und ich werde dich nicht verlassen, bis ich all meine Versprechen eingelöst habe." Damit endete der TRAUM, und Jakob ÖFFNETE seine Augen. „Gott ist ganz sicher hier an diesem Ort!", dachte er. „Und ich hab es nicht gemerkt!" Überwältigt von ANGST und EHRFURCHT rief er: „Das ist nichts **GERINGERES** als das Haus

Gottes! Und hier ist das Tor zum Himmel!" Als der Morgen

kam, richtete er den Stein, auf den er seinen Kopf gelegt

hatte, auf und machte aus seinem KISSEN eine

Säule. Er BEGOSS sie mit Öl und erklärte den Ort

für heilig – den Ort, an dem Gott war. Er nannte ihn BETHEL, das

bedeutet „Gotteshaus". Und dann versprach er: „Wenn Gott mich beschützt und

DAS IST DAS
HAUS
GOTTES!

mir **NAHRUNG** und **KLEIDUNG** gibt und mich wohlbehalten ins

Land meiner Väter zurückbringt, wird er mein Gott sein und diese SÄULE

sein Haus!" Dann zog er weiter zu seinem Onkel Laban, den Kopf voller

Träume und im **HERZEN** Gottes Versprechen.

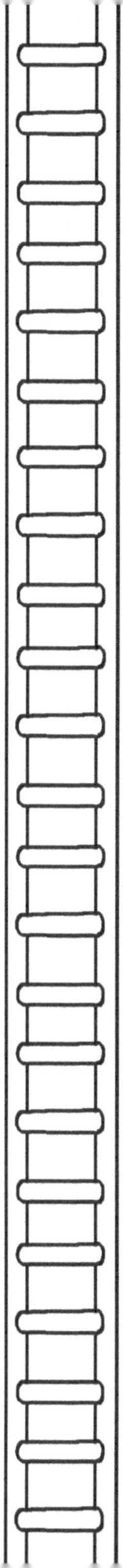

# HOCHZEIT MIT HINDERNISSEN

Als Jakob ins Land seiner Mutter Rebekka kam, schien alles

klar. Sogar im **WÖRTLICHEN** Sinn, denn es gab dort einen

Brunnen mit frischem, klarem **WASSER**. Drei Schafherden

hatten sich darum versammelt. Die Hirten schoben den Stein vom Brunnenloch, damit

ihre Schafe trinken  konnten. „Kennt ihr einen Mann namens Laban?",

fragte Jakob sie. „Er ist der Bruder meiner Mutter."

„Natürlich", antworteten die **HIRTEN**. „Schau, da kommt

seine Tochter Rahel mit ihren Schafen." Und wie Jakob schaute!

 Rahel war **WUNDERSCHÖN**. Und er wusste

**RAHEL**

sofort: Sie war die Richtige! Er stellte sich vor und half ihr, die Schafe zu tränken.

Danach brachte Rahel ihn zu Laban. Jakob erzählte Laban, was geschehen war, und

bot ihm an, **UNBEZAHLT** für ihn zu arbeiten. „Blödsinn", meinte Laban. „Du bist

mein Verwandter, du kannst doch nicht umsonst für mich arbeiten. Du sollst etwas verdienen." „Ich nehme kein Geld", entgegnete Jakob. „Aber lass

mich stattdessen deine Tochter Rahel heiraten." „Arbeite 7 Jahre", sagte Laban.

„Dann bekommst du meinen SEGEN, sie zu heiraten!" Jakob freute sich. Und die

sieben Jahre vergingen wie im Flug, er lernte Rahel besser

kennen und träumte von dem Tag, an dem sie MANN und FRAU

sein würden. Endlich war dieser Tag gekommen. Die Hochzeit

fand statt, aber als der Schleier gelüftet wurde, stellte sich heraus,

dass Jakob nicht Rahel, sondern ihre ältere Schwester LEA geheiratet hatte. „So

läuft das hier", erklärte Laban grinsend. „Die ältere Schwester muss zuerst verheiratet

werden. Aber wenn du noch einmal SIEBEN JAHRE für mich arbeitest ..." „Lässt

du mich dann Rahel heiraten?", fragte Jakob. „Mit Vergnügen!", antwortetet Laban.

„Weißt du was? Von mir aus kannst du sie schon nach einer Woche heiraten. Aber

dann schuldest du mir immer noch sieben Jahre Arbeit!" Jakob war

betrogen worden. Und das war vielleicht das Mindeste, das ein Betrüger wie er

verdient hatte. Aber er LIEBTE Rahel. Also erklärte er sich einverstanden. Lea bekam viele Kinder, doch Rahel hatte lange Zeit

**HOFFENTLICH IST ER GUT DRAUF!**

keine. Schließlich schenkte sie Jakob einen Sohn, den kleinen

**JOSEF**. Nun war ihr gemeinsamer Traum wahr geworden.

Und Träume würden auch in Josefs Geschichte eine GROßE Rolle

spielen. Zuvor musste Jakob allerdings in seine Heimat zurückkehren. Gott

hatte es ihm befohlen und **VERSPROCHEN**, ihn zu begleiten. Doch Jakob hatte

seinen Bruder Esau seit vielen Jahren nicht gesehen und fürchtete, dass dieser ihn

noch immer töten wollte. Deshalb trieb er vor sich einen riesigen Trupp **ZIEGEN**,

**SCHAFE, KAMELE** und **ESEL** her – als Geschenk für Esau. Dann betete er

zu Gott und bat ihn um seinen Schutz, indem er ihn an sein Versprechen erinnerte. In

dieser Nacht kam jemand zu Jakob und rang mit ihm. Dieser Jemand

**RUNDE 1**

kugelte Jakob die Hüfte aus, aber Jakob ließ ihn nicht los. „Segne mich",

sagte er, „dann lass ich dich gehen." „Dein Name ist Jakob", sagte der Jemand. „Aber von

heute an wirst du **ISRAEL** heißen, das bedeutet ‚du hast mit Gott

GERUNGEN'." Dann segnete Gott ihn und Jakob hinkte davon.

Als Jakob sein Heimatland erreichte und Esau in Sichtweite **BRUDER-LIEBE!**

war, eilte Jakob an seiner **FAMILIE** und den vielen

Tieren vorbei, um seinen Bruder zu begrüßen. Jakob war inzwischen

ein sehr **REICHER** Mann. Genau wie Esau, der ebenfalls auf seinen Bruder zulief.

Als er Jakob erreichte, umarmte er ihn und verzieh ihm. Die Zwillinge waren wieder

**BRÜDER!** Ja, die Familie wuchs. Sie war nicht perfekt, doch welche

Familie ist das schon? Auch das Leben war nicht **PERFEKT**. Aber Gott hatte ein

**VERSPRECHEN** gegeben, das Versprechen, die Welt durch diese Familie

zu segnen. Und das tat er, auch wenn nicht alles perfekt lief. Denn es sollte noch

mehr kommen, sehr viel mehr ...

NOCH MEHR GESCHICHTEN!

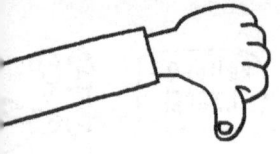
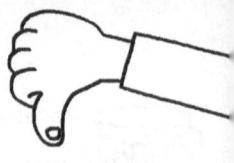

# FAMILIEN-BANDE

Man könnte  DENKEN, Jakob hätte etwas gelernt. Er war der **LIEBLING**

seiner Mutter Rebekka gewesen, während Isaak, sein Vater, Esau den Vorzug gab.

Das hatte für jahrelangen Ärger zwischen den beiden Brüdern gesorgt. Also sollte

man meinen, Jakob hätte versucht, seine eigenen **12** Söhne gleichermaßen

zu lieben. Aber **NEIN**! Sein zweitjüngster Sohn Josef war das Kind von Rahel,

der Frau, die er wirklich liebte. Und nachdem sie bei der Geburt des jüngsten Sohns,

**BENJAMIN**, gestorben war, galt diesen beiden Jakobs größte ZUNEIGUNG.

Benjamin war noch ein Baby, aber Josef war alt genug, um die volle Aufmerksamkeit

seines Vaters zu genießen. Jakob schenkte sie ihm in Form eines **WUNDERSCHÖNEN**

SCHICKES
TEIL!

bunten Mantels. Er war großartig! Er leuchtete!

Er wallte. Er passte wie angegossen. Es war der

schönste Mantel **WEIT** und breit. Keiner von Josefs

Brüdern besaß etwas Vergleichbares. Doch es war nicht nur

dieser Mantel, der seine Brüder auf die Palme brachte. Nein, es war die

Art, wie Josef sie behandelte. Er verpfiff sie, wenn sie etwas angestellt

hatten. Und Jakob glaubte ihm. IMMER! Und dann waren da diese lästigen

**TRÄUME**. Josef war ungefähr , als es anfing. „Ich hatte einen Traum",

verkündete er seinen Brüdern eines Tages mit wehendem Mantel. „Wir banden

Weizengarben auf dem Feld. Und ratet mal, was dann passierte! Meine Garbe stand

ganz aufrecht und eure Garben verneigten sich vor meiner!" „Was erzählst du da?",

SCHRIEN seine Brüder. „Dass du eines Tages über uns herrschen wirst?" Und sie

hassten Josef noch mehr. Ein paar Tage später erklärte Josef: „Ich hatte noch einen

Traum!" Die Farben seines Mantels leuchteten in der Mittagssonne. „Dieses

Mal verneigten sich die SONNE, der MOND und elf STERNE vor mir!"

Als er das hörte, reagierte sogar Jakob verärgert: „Willst du damit sagen, dass

deine Brüder, deine Mutter und ich uns vor dir verneigen sollen?"

Jakob vergaß diesen Traum nie. Genauso wenig wie Josefs Brüder. Doch während sich

Jakob vor allem fragte, was er wohl zu bedeuten hatte, steigerte er den **HASS**

der Brüder ins Unermessliche. Als Josef eines Tages von Jakob auf die **WEIDE**

geschickt wurde, um nach seinen Brüdern zu sehen,

fassten sie einen Plan. „Da kommt der Träumer",

knurrten sie. „Los, töten wir ihn und werfen ihn in eine Grube. Dann werden wir ja

sehen, was aus seinen Träumen wird!" Aber **RUBEN**, einer der Brüder, war mit

dieser Idee nicht glücklich. „Wir müssen ihn nicht töten!", sagte er. „Warum werfen wir

ihn nicht einfach in eine Grube und machen ihm ein bisschen

**ANGST**?" Und als Josef ankam, packten sie ihn, rissen

ihm den schönen Mantel herunter und warfen ihn

in die Grube. Ruben ging daraufhin, in der Hoffnung, Josef RETTEN zu können,

wenn seine Brüder fort waren. Doch in der Zwischenzeit kamen ISMAELITISCHE

Händler vorbei. „Warum sollen wir unseren Bruder töten", meinte Juda, „wenn wir ihn

doch ebenso gut als Sklaven an diese Händler verkaufen können? Dann sind wir ihn los

und machen dabei noch ein gutes GESCHÄFT!" Gesagt, getan. Sie verkauften Josef

für zwanzig Silberstücke. Als Ruben zurückkam und hörte, was seine Brüder getan

hatten, war er ENTSETZT. Wie sollten sie das nur ihrem

**ICH WAR'S NICHT!** Vater erklären? Schließlich schmierten sie

Ziegenblut auf Josefs schönen Mantel und brachten ihn

Jakob. „Josef wurde von einem wilden Tier ZERFLEISCHT",

logen sie, während Jakob weinte und weinte. „Ich werde um meinen Jungen trauern,

bis ich sterbe", schluchzte er. Und Josef? Der TRÄUMER wurde fortgebracht und in

Ägypten als Sklave verkauft. Doch Gott erinnerte sich

an sein Versprechen. Natürlich erinnerte er

sich daran! Denn es sollte noch mehr kommen, sehr viel mehr ...

# JOSEF IM GEFÄNGNIS

Die Ismaeliter verkauften Josef an **POTIFAR**, den höchsten Leibwächter des

**PHARAO**. Es schien, als ob aus Josefs Träumen  werden würde.

Aber es war Gott gewesen, der ihm diese Träume in den Kopf gesetzt hatte. Und es

war Gott, der Josef beistand, auch wenn dieser nun ein Sklave war. Gott sorgte dafür,

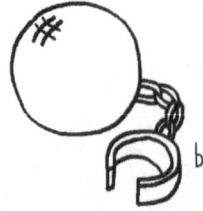 dass alles gut lief für Josef und seinen neuen Herrn: Potifars Felder

brachten mehr ERTRAG; seine Familie war GLÜCKLICHER; alles,

was Josef anpackte, war von ERFOLG gekrönt. Und es dauerte nicht lang, bis

Potifar Josef die Verantwortung für seinen gesamten Besitz übertrug! Nun war

Josef aber ein wirklich gut aussehender, kräftiger junger Mann. Und Potifars

Frau hatte sich in ihn **VERLIEBT**. Sie hätte ihn gerne geküsst – und nicht nur das.

Aber Josef wollte davon nichts wissen. „Ich werde weder meinen Herrn **BETRÜGEN**

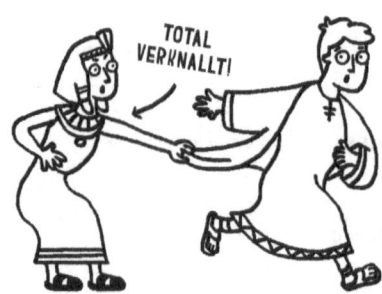

noch gegen meinen Gott sündigen", sagte er zu ihr.

Aber Potifars Frau gab nicht auf, und eines Tages, als

sie mit Josef allein im Haus war, **SCHNAPPTE**

sie nach ihm. Aber Josef riss sich los und lief davon, und alles, was ihr blieb, war sein

Mantel – diesmal nicht der bunte, aber auch er wurde zum Problem. Denn aus **WUT**

darüber, dass Josef sie abgewiesen hatte, hielt sie den anderen

Sklaven seinen Mantel unter die Nase. „Josef hat versucht, mich zu **LÜGE!**

**KÜSSEN**, aber ich hab ihn **ABGEWEHRT**. Hier sein

Mantel als Beweis!" Und als Potifar nach Hause kam, erzählte sie

ihm dieselbe  Potifar glaubte ihr, und Josef wurde ins

**GEFÄNGNIS** geworfen. Wieder sah es so aus, als ob

aus Josefs Träumen rein gar nichts werden würde. Aber wieder war Gott da, um

ihm zu helfen. Und so war auch alles, was Josef im Gefängnis anpackte, von **ERFOLG**

gekrönt. Schließlich gab man ihm die Aufsicht über seine Mitgefangenen. Eines

Tages zerstritt sich der Pharao mit seinem **MUNDSCHENK** und seinem

**BÄCKER**. Was wohl der Grund war? Ein vergossener **TROPFEN**

Wein? Ein **ANGEBRANNTER** Toast? Als die beiden ins Gefängnis kamen, sollte

Josef sich jedenfalls um sie kümmern. Und genau da fingen die **TRÄUME** an. Nicht

Josefs Träume, sondern die Träume des **MUNDSCHENKS** und des **BÄCKERS**.

Als Josef eines Morgens zu ihnen kam, machten beide ein trauriges, verwirrtes

Gesicht. „Letzte Nacht hatte jeder von uns einen Traum", sagten sie ZITTERND.

„Und wir wissen nicht, was sie zu bedeuten haben!"

„Erzählt sie mir!", FLÜSTERTE Josef. „Gott wird mir ihre

Bedeutung schon verraten." „In meinem Traum", sagte der Mundschenk,

„gab es einen **WEINSTOCK** mit 3 Reben. Ich PRESSTE die

Trauben in einen Becher und gab ihn dem Pharao." „Das ist einfach", meinte Josef. „In

drei Tagen wirst du FREI und wieder der Mundschenk des Pharao sein!" Davon

ermutigt erzählte nun der Bäcker seinen Traum: „Ich trug 3 Körbe mit **GEBÄCK**

übereinander auf meinem Kopf, und die Vögel pickten das Gebäck aus dem obersten

Korb auf." „O je", sagte Josef traurig, „in drei Tagen

wird dich der König töten und den Vögeln zum Fraß

vorwerfen." **BEIDE** Träume wurden **WAHR**,

der **GUTE** wie der **SCHLECHTE**.

Und obwohl der Mundschenk VERSPROCHEN hatte, an Josef zu denken und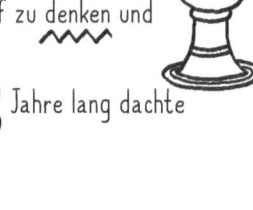

ihm zu | HILFE | zu kommen, vergaß er ihn.  Jahre lang dachte

er **NICHT** mehr an ihn, bis der Pharao selbst

von Träumen gequält wurde ...

ES KOMMT NOCH VIEL MEHR!

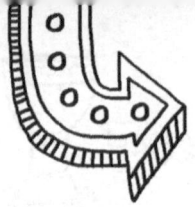

# DIE SELTSAMEN TRÄUME DES PHARAO

In den Träumen des Pharao geschah Folgendes:

**KÖSTLICH!**

Er stand am Ufer des ( Nil ), als **7** schöne, **FETTE** Kühe

aus dem Wasser stiegen und das Riedgras fraßen. Nach ihnen kamen

**7** HÄSSLICHE, MAGERE Kühe aus dem Wasser. Aber statt Gras zu fressen,

**VERSCHLANGEN** die mageren Kühe die fetten. Das war

kein schöner Traum: Kühe, die auf anderen Kühen herumkauten – und

der Pharao war schlagartig hellwach. Als es ihm gerade gelungen war,

wieder einzuschlafen, hatte er einen zweiten Traum. Dieses

Mal stand er draußen auf dem Feld, als er sieben volle,

schöne Ähren an einem Halm sah. Direkt daneben wuchs ein

Halm mit sieben HÄSSLICHEN, DÜRREN Ähren, die der

Ostwind **ZERRISSEN** hatte. Und während der Pharao

auf das Korn blickte, wuchsen den sieben dürren

54

Ähren Mäuler und sie fraßen die vollen, schönen Ähren . Dieser Traum

beunruhigte den Pharao noch mehr, und so RIEF er am Morgen alle Weisen und

Gelehrten Ägyptens herbei, damit sie ihm sagten, was diese

Träume zu bedeuten hatten. Doch keiner wusste es. Da fiel dem

Mundschenk **ENDLICH** Josef wieder ein! „Mit mir war ein  im

Gefängnis", sagte er. „Der konnte damals meinen Traum **DEUTEN** und er lag

richtig. Vielleicht kann er dir auch deinen Traum erklären." Der Pharao ließ Josef

holen. Und nachdem man Josef rasiert 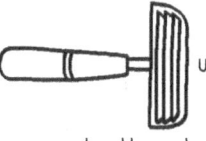 und in saubere Kleider

gesteckt hatte, trat er vor den Herrscher Ägyptens! „Ich habe

gehört, du kannst Träume interpretieren", sagte der Pharao. „Ich nicht", entgegnete

Josef, „aber **GOTT** wird mir sagen, was es mit deinen Träumen auf sich hat." Also

erzählte der Pharao Josef seine Träume. Und Gott erzählte Josef, was sie bedeuteten.

„Die beiden TRÄUME weisen auf dasselbe", erklärte Josef. **SIEBEN** Jahre lang

wirst du reiche Ernten haben und dein Land wird gedeihen. Danach

aber folgt eine Hungersnot für **SIEBEN** Jahre,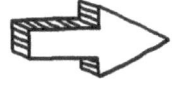

in denen nichts wachsen wird. Die Tatsache, dass es zwei Träume waren,

bedeutet, dass sie sofort in Erfüllung gehen werden.

Du musst **SCHNELL** handeln. Bestimme jemanden, der sich

die nächsten sieben Jahre darum kümmert, die Kornspeicher zu FÜLLEN, damit

genug zu **ESSEN** da ist, wenn die Hungersnot kommt." Der Pharao lächelte.

„Wer sollte das **BESSER** können als du?", fragte er. „Der Mann,

dessen Gott mir meine Träume gedeutet hat. Du wirst das für mich

MACHEN. Mein Volk wird tun, was immer du sagst. Und nur

ich, der ich auf dem Thron sitze, werde mehr **MACHT**

haben als du." Von einem Moment auf den anderen wurde Josef vom

Gefangenen zum zweitHÖCHSTEN Mann in ganz Ägypten! Er bekam

den SIEGELRING des Pharao. Man hängte ihm eine goldene

Kette um den Hals. Und er erhielt einen wunderschönen Mantel

**(MAL WIEDER!)**. Zu der Zeit war Josef **30** Jahre alt.

EDLER
KLUNKER

Und wie Gott es schon im Haus des Potifar und im Gefängnis getan hatte, half er Josef auch dieses Mal: Alles, was Josef anpackte, war von Erfolg gekrönt.

Die Kornspeicher wurden **GEFÜLLT**, und als die Hungersnot kam, gab es für jeden

**GENUG** zu essen. Selbst für Fremde, die auf der *SUCHE* nach Nahrung ins

Land kamen. Fremde wie zum Beispiel  hungrige  aus

**KANAAN** ...

# DER KELCH-TEST

Die **HUNGERSNOT** hatte sich bis nach Kanaan ausgebreitet. Als **JAKOB** hörte,

dass es in Ägypten noch Getreide gab, schickte er seine Söhne los, um so viel zu

kaufen, wie sie konnten. „Ihr **10** sollt gehen", sagte er. „**BENJAMIN**

bleibt hier bei mir." Denn Jakob befürchtete, dass seinem jüngsten Sohn genau wie Josef

etwas ZUSTOßEN könnte. So machten sich die Brüder auf den Weg. Als sie zu

Josef geführt wurden, um von ihm das Getreide **WER IST DIESER TYP?**

**STELLT SIE AUF DIE PROBE!** zu kaufen, erkannten sie ihn nicht. Mehr als zehn

Jahre waren vergangen. Er sah inzwischen aus wie ein Ägypter

und (SPRACH) wie ein Ägypter. Josef dagegen erkannte seine Brüder sofort. Und

natürlich TRAUTE er ihnen nicht. Er hatte nicht vergessen, was sie ihm angetan hatten.

Deshalb stellte er sie auf die PROBE. „Sag ihnen", befahl Josef seinem Dolmetscher,

**BRÜDER-TEST** *1+*

„dass ich glaube, sie seien Spione, die unsere Schwachstelle finden

wollen!" „Nein!", riefen sie daraufhin. „Wir sind nur **12**

hungrige Brüder aus Kanaan. Äh, zehn, wie du siehst. Der JÜNGSTE ist zu Hause bei unserem Vater. Und unser anderer Bruder ist ... nicht mehr unter uns."

Daran wurde Josef nicht gern **ERINNERT**. „Beweist mir", sagte er, „dass ihr

KEINE Spione seid, und bringt mir euren  Bruder. Dann

steckte er alle für  Tage ins Gefängnis. Als sie danach

wieder zu Josef gebracht wurden, raunte Ruben seinen Brüdern auf

HEBRÄISCH zu: „Ich wusste, dass so etwas passieren wird. Wir

sind alle schuldig. Das ist die **STRAFE** für das, was wir mit unserem Bruder

RAFFINIERT!

gemacht haben!" Er dachte, der „Ägypter" würde ihn nicht verstehen, aber Josef

verstand ihn natürlich. Er drehte sich weg, weil er weinen musste bei

dem GEDANKEN daran, was sie ihm angetan hatten. Dann ließ

Josef sie warten und **BEFAHL** seinen Dienern, währenddessen

ihre Säcke nicht nur mit Korn, sondern auch mit dem GELD zu füllen, das sie

ihm bezahlt hatten! Schließlich machten sich die Brüder auf den

Heimweg. Als sie in Kanaan ankamen, erzählten sie ihrem Vater,

was Josef von ihnen verlangt hatte. „Nein!", antwortete

JOSEF ALS KIND

LEER!

#

Jakob. „Ich habe schon einen Sohn VERLOREN. Ich will nicht noch einen verlieren!" Dann fanden sie das Geld zwischen dem Getreide und bekamen noch mehr ANGST, während Jakob STUR blieb.

Aber irgendwann ging das Korn zur Neige, und sie drohten zu VERHUNGERN, wenn sie nichts unternahmen. Da gab Jakob nach, und Benjamin zog mit seinen Brüdern nach Ägypten, um noch mehr Getreide zu kaufen. Als Josef Benjamin sah, BAT er alle in sein HAUS. Die Brüder fürchteten, er würde sie wegen des Geldes in ihren Säcken BESTRAFEN, deshalb entschuldigten sie sich. Aber Josef beruhigte sie. Er gab ihnen zu essen und fragte sie zu ihrer großen ÜBERRASCHUNG nach ihrem Vater. Als die Zeit gekommen war, sie wieder heimzuschicken, stellte er sie ein letztes Mal auf die Probe.

„Versteckt einen meiner GOLDENEN KELCHE im Sack des

HÜBSCHE KELCH!

jüngsten Bruders", befahl er seinen Dienern. Und als die Brüder gerade die Stadt verlassen hatten, ließ er sie wieder verhaften! „DIEBE!", schrie er. „Euer jüngster Bruder wird als Sklave bei mir bleiben!" „Nein, bitte nicht!", FLEHTEN sie.

„Das würde unseren Vater umbringen." „Nimm

mich stattdessen", sagte Juda, der Josef damals an die

**ISMAELITER** verkauft hatte. In diesem Moment

wusste Josef, dass seine Brüder sich gebessert hatten. Weinend schickte er seine

Diener aus dem Raum. Dann sagte er: „Ich bin's. Euer Bruder. Josef." Die Brüder

 **ERSCHRAKEN** und STAUNTEN zugleich. „Keine Angst",

beruhigte er sie. „Ich weiß, dass ihr mir schaden wolltet. Aber dadurch

hat **GOTT** unsere Familie **GERETTET** und uns an einen Ort geführt, an dem

wir gut leben können. Los, holt unseren Vater und bringt ihn her. Von jetzt an

sollen wir alle wieder BEISAMMEN sein!" Und so waren auf völlig unerwartete

Weise so ziemlich alle Träume wahr geworden.

# DAS BABY
# AUF DEM NIL

Josef und seinen Brüdern ging es in Ägypten WUNDERBAR. Sie bekamen **KINDER**,

und deren **KINDER** bekamen wieder **KINDER**, und auch diese bekamen **KINDER**.

Gottes Versprechen an Abraham wurde tatsächlich **WAHR**. Die Kinder Israels

wurden zu einer RIESIGEN Familie. {JAHRHUNDERTE} vergingen. Dann bestieg

ein Pharao den Thron, der sich nicht mehr an Josef und das, was er für die Ägypter

getan hatte, erinnerte. Alles, was er sah, waren Israeliten. Überall Israeliten! Und das

machte ihm **ANGST**. „Sie sind keine Ägypter. Sie sind anders! Was, wenn sie sich

mit unseren Feinden zusammentun und gegen uns kämpfen?",

fürchtete er. Deshalb machte der Pharao die Israeliten zu SKLAVEN. Er setzte Aufseher

ein, die sie schlecht behandelten. Die Israeliten mussten die Felder des Pharao bestellen

und seine Gebäude errichten – sie erbauten ganze

Städte, wie **PITOM** und **RAMSES**.

Und als Beweis seiner Schreckensherrschaft befahl der Pharao

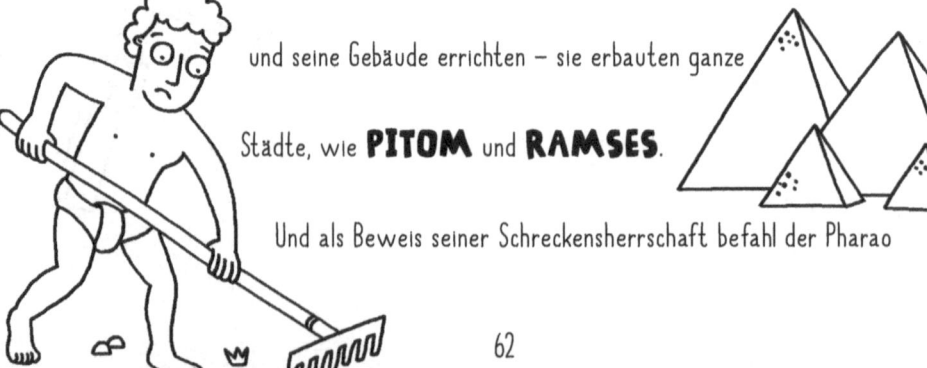

den **HEBAMMEN**, alle männlichen Babys der Israeliten gleich nach ihrer

Geburt zu töten! Zum Glück gehorchten ihm die Hebammen nicht. „Gern", sagten sie.

„Aber die israelitischen Frauen sind so **STARK**, dass sie ihre Babys schon

bekommen haben, ehe wir da sind!" Gott segnete diese Hebammen. Und er

hörte nicht auf, die Israeliten, zu segnen. Deshalb befahl der Pharao dem

**GANZEN** Volk: „Wenn ihr einen israelitischen Jungen seht, werft ihn in den Nil!"

WEIßT DU, WER GEMEINT IST?

**EINEN ÄHNLICHEN BEFEHL GAB ES ZUR ZEIT DER GEBURT EINES SEHR BEDEUTENDEN BABYS IM NEUEN TESTAMENT ...**

Eine Frau, die von Josefs Bruder **LEVI** abstammte, war fest **ENTSCHLOSSEN**,

ihr Kind vor dem  zu bewahren. Kaum hatte sie ihren Sohn zur Welt gebracht,

versteckte sie ihn. Niemand schöpfte Verdacht. Doch Babys werden GRÖßER. Und

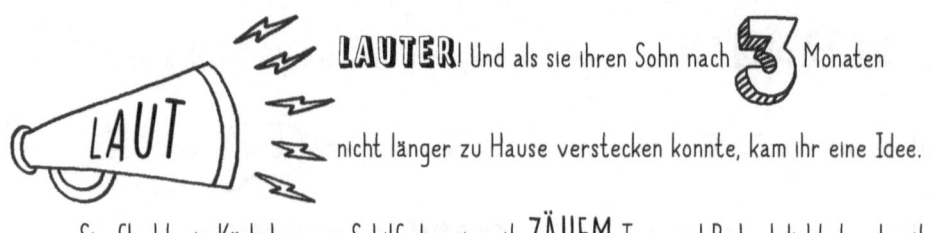

**LAUTER**! Und als sie ihren Sohn nach **3** Monaten nicht länger zu Hause verstecken konnte, kam ihr eine Idee.

Sie flocht ein Körbchen aus Schilf, das sie mit **ZÄHEM** Teer und Pech abdichtete, damit es sich nicht mit **WASSER** vollsaugen und sinken konnte. Dann legte sie **DAS BABY** hinein und setzte das Körbchen ins Schilf am **NILUFER**. Ihre ältere Tochter sollte sich in der Nähe des Körbchens versteckt halten und auf es aufpassen. Der Plan schien **PERFEKT**. Zumindest bis zu dem Tag, an dem die Tochter des Pharao beschloss, im Fluss zu baden. Sie **ENTDECKTE** das Körbchen und ließ es von ihren Dienerinnen herausholen.

**OH, EIN BABY!**

Und als sie es öffnete ...

**ÜBERRASCHUNG!**

Zitternd und **HILFLOS** musste die Schwester zusehen und darauf warten,

dass ihr kleiner Bruder in den Nil geworfen wurde. Aber nein. Eine  ÜBERRASCHUNG

folgte auf die andere. Das Baby fing an zu weinen, und die Tochter des Pharao bekam

Mitleid. „Das ist ein israelitisches Kind", sagte sie sanft. Und sie nahm es auf den

**ARM** und **STREICHELTE** es. „Ich kenne eine Israelitin, die es

für dich stillen kann", sagte die Schwester, die ihre CHANCE gekommen

sah und aus dem Schilf trat. „Hol sie her!", befahl die Tochter des

Pharao. Bald kam das Mädchen mit seiner Mutter zurück.

„Nimm diesen Jungen und still ihn für mich", sagte die Tochter

des Pharao. „Ich werde dich für deine Mühe bezahlen. Und wenn er KEINE

Milch mehr braucht, bring ihn zu mir zurück. Er soll als mein Sohn aufwachsen.

Und weil ich ihn aus dem Wasser ‚gezogen' habe, gebe ich meinem kleinen Zögling

den passenden hebräischen Namen: **MOSE**."

WAS WOHL
ALS NÄCHSTES
PASSIERT?

# DER BRENNENDE BUSCH

BOAH!

**MOSE** wuchs bei der Tochter des Pharao auf, aber er vergaß NIE, wer er

wirklich war und zu welchem gequälten, versklavten Volk er gehörte. Eines Tages

wurde er Zeuge, wie ein Ägypter einen Israeliten **SCHLUG**. Mose vergewisserte

sich, dass er nicht beobachtet wurde, erschlug den

Ägypter und verscharrte ihn im Sand. Am nächsten

Tag sah er, wie zwei Israeliten sich **PRÜGELTEN**.

„Warum tut ihr das?", fragte er. „Wer hat dich zum Aufseher

TÖTET IHN! über uns bestimmt?", entgegnete einer der beiden.

„Willst du uns umbringen, so wie den Ägypter?" Moses Tat war ans

Licht gekommen! Er bekam ANGST. Und es dauerte nicht lang,

bis der Pharao befahl, Mose zu töten. Also floh er.

Floh aus dem angestammten Land und vor seinem eigenen Volk. Floh in das

Land **MIDIAN**. Dort ließ Mose sich nieder. Bald verteidigte er eine

Frau namens **ZIPPORA** und ihre **6** Schwestern gegen eine

Horde Hirten. Dann heiratete er Zippora, und sie bekamen einen Sohn.

Jahrelang hütete er die Herden seines Schwiegervaters *JITRO*. Eines

Tages, als er seine Schafe an den Hängen des **HOREB** weidete, sah Mose, wie

ein Busch in **FLAMMEN** aufging. Zisch! Das Feuer loderte heiß und **HELL**, aber

der Busch verbrannte nicht. Merkwürdig! Mose trat näher, um besser sehen zu können.

In diesem Moment ertönte eine Stimme aus den flackernden

Ästen. „Mose!", rief die Stimme. „Ich bin hier!", antwortete

der Hirte erstaunt. „Tritt einen Schritt zurück und zieh deine Sandalen aus", verlangte

die Stimme. „Denn ich bin der **GOTT** deiner Väter. Der Gott ABRAHAMS, ISAAKS

und JAKOBS. Und das Land, auf dem du stehst, ist heilig!"

MJAM!

HONIG

Mose hielt sich die Augen zu. Er fürchtete sich, Gott ins Gesicht zu blicken. „Ich habe das **ELEND** meines Volkes gesehen", fuhr Gott fort. „Ich habe seine Hilferufe gehört. Ich weiß, wie sehr es leidet. Deshalb bin ich gekommen, um es zu befreien und in sein eigenes Land zu führen, das Land, in dem MILCH und HONIG fließen! Und ich will, dass du, Mose, zum Pharao gehst und ihm sagst, er soll mein Volk **FREILASSEN**!" „Aber ich bin ein Niemand!", rief Mose. „Warum ich?" „Eines Tages werden du und dein ganzes Volk mich auf genau diesem Berg **VEREHREN**", sagte Gott. „Und dann wirst du verstehen, warum ich gerade dich ausgewählt habe." „Und wenn sie fragen, wer mich geschickt hat", entgegnete Mose, „wie soll ich dich nennen?" „Sag ihnen, ICH-BIN hat dich geschickt", antwortete Gott, „der Gott ihrer Väter." „Aber was, wenn sie mir nicht glauben?", wollte Mose wissen. „Wirf deinen Stab auf den Boden", sagte Gott. Das tat Mose, und der Stab verwandelte sich in eine **SCHLANGE**! „Heb sie auf", sagte Gott. Mose griff nach der Schlange und sie wurde wieder zum Stab. „Zeig ihnen das, und sie werden dir glauben!" Mose war noch nicht

KENNST DU NOCH ANDERE WUNDER AUS DER BIBEL? TIPP: JESUS VOLLBRACHTE ZIEMLICH VIELE ...

☆ WUNDER ☆

überzeugt. „Steck deine Hand **IN** deinen Umhang", sagte Gott. „Jetzt zieh sie

wieder heraus." Als Mose die Hand herausnahm, war sie von einem Ausschlag

bedeckt. „Mach's noch mal!", sagte Gott. Und als Mose tat, wie

ihm geheißen, war seine Hand wieder geheilt! Aber Mose ZWEIFELTE

noch immer. Deshalb empfahl Gott ihm, **WASSER** aus dem **NIL** vor dem Pharao

AUSZUSCHÜTTEN. „Es wird sich in Blut verwandeln", versprach Gott. „Aber ich

kann nicht gut reden", stammelte Mose. „Ich werde nicht wissen, was ich (sagen) soll."

„Ich habe deinen Mund gemacht", beruhigte ihn Gott. „Ich gebe dir auch die richtigen

WORTE. Oder du nimmst deinen Bruder **AARON** mit und lässt ihn sprechen."

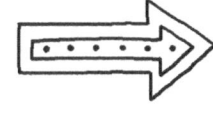

# FRÖSCHE
# UND FLIEGEN

Als **MOSE** und **AARON** zum Pharao kamen, berichteten sie ihm ohne Umschweife:

„Der Gott Israels schickt uns. Er will, dass du sein Volk ziehen lässt, damit es

ihn in der Wüste ANBETEN kann." Dann zeigten sie ihm den

TRICK mit Stab und Schlange, um ihm klarzumachen, dass sie

es ernst meinten. Der Pharao lächelte gelassen und ließ seine

**ZAUBERER** kommen. Sie beherrschten denselben TRICK!

„Die Israeliten freilassen?" Er zuckte mit den Schultern. „Wohl kaum."

Also kamen Mose und Aaron am nächsten Tag wieder, tauchten den Stab in

den Nil, und der Fluss wurde zu **BLUT**. Die Fische starben, das Wasser

wurde ungenießbar - es war ekelhaft. Wieder ließ der Pharao seine Zauberer

kommen. Wieder vollführten diese genau das GLEICHE. Und wieder

zuckte der Pharao mit den Schultern und sagte: „Meine israelitischen

Sklaven bleiben hier!" Sieben Tage vergingen. Und als

70

QUAK!

Mose und Aaron wiederkamen, sagten sie nur ein Wort: „**FRÖSCHE**." Als Aaron seinen Stab über dem Nil AUSSTRECKTE, sprangen sie heraus und HÜPFTEN überall herum. In die **ÖFEN**, auf die **KÖPFE** und in die **SCHÜSSELN**, in denen die Ägypter ihr Brot machten. Wie sich herausstellte, konnten die **ZAUBERER** des Pharao den Frosch-Trick auch, aber der Pharao hatte genug. „Also gut", seufzte er. „Zieht mit eurem Volk in die Wüste." Da starben alle Frösche. Was für ein Gestank! Doch nachdem das Problem mit den Fröschen behoben schien, änderte der Pharao sofort seine Meinung. „Die Israeliten bleiben hier!", sagte er. Doch nun schickte Gott Schwärme von Stechmücken und Fliegen!

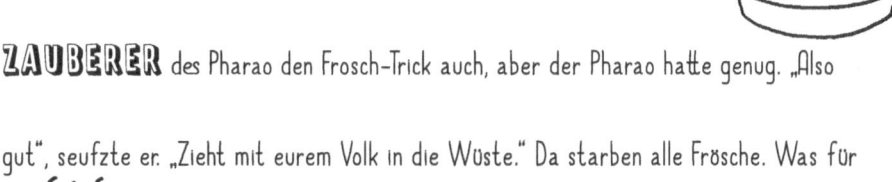

Sie **SCHWIRRTEN** in die Häuser der Ägypter, auf ihre Speisen, in ihre Augen.

Aber zwischen die Fliegen und sein Volk setzte er eine **UNSICHTBARE** Wand.

GOTT BESCHÜTZT SEIN VOLK DIE GANZE BIBEL HINDURCH, WART'S AB!

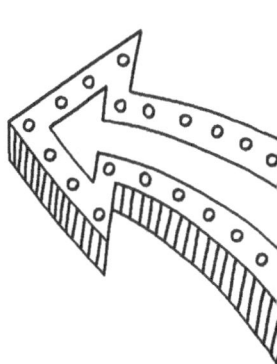

Da rief der Pharao Mose und Aaron zu: „Euer Volk kann gehen! Aber

**PUH!**

verscheucht endlich diese **FLIEGEN!**" Doch kaum waren die Mücken

verschwunden, überlegte er es sich wieder anders. Deshalb ließ Gott schließlich alle

**KAMELE, PFERDE, ESEL, ZIEGEN** und **SCHAFE** der Ägypter sterben. Nur die

Tiere der Israeliten überlebten. Der Pharao zuckte nicht mal mit der Wimper. Sein Herz

war inzwischen **STEINHART.** „Ihr geht nirgendwohin!", brüllte

er. Und dabei blieb er, auch als sein Volk von **GESCHWÜREN**

befallen wurde, als **HAGEL** seine Ernte zerstörte, als das, was

noch übrig war, von **HEUSCHRECKEN** gefressen wurde,

und als  **FINSTERNIS** das Land

**3** Tage lang umhüllte. „Eine Plage habe ich noch", sagte Gott zu Mose, „und

ich bin mir sicher, dass danach **ENDLICH** alles anders sein wird. Ich werde

**JEDES** erstgeborene Kind und jedes erstgeborene Tier der Ägypter

**TÖTEN**. Mein Volk muss einige Dinge tun, um dieses Unheil zu überleben. Alle

Familien müssen ein Lamm schlachten und sein Blut auf die **TÜRPFOSTEN** und in den **TÜRSTURZ** ihrer Hauseingänge streichen. Dann sollen sie das Lamm braten und mit bitteren Kräutern und ungesäuertem Brot essen. Und sie müssen *HASTIG* essen, die Schuhe an den Füßen, den Gürtel umgeschnallt und den Stab in der Hand, als würden sie gleich zu einer langen Reise aufbrechen. Dann, um **MITTERNACHT**, werde ich allen Erstgeborenen der Ägypter den **TOD** bringen. Aber an den Häusern, an denen ich das Blut sehe, werde ich vorübergehen." Und alles geschah so, wie Gott es gesagt hatte. Die Erstgeborenen der Ägypter starben. Die Erstgeborenen der Israeliten überlebten. Und ENDLICH:

Mit gebrochenem Herzen, weil sein **EIGENER** Sohn soeben gestorben war, ließ der Pharao die Israeliten ziehen.

# DER GESCHMACK VON FREIHEIT

Der Pharao war nicht der Einzige, der die Israeliten loswerden wollte. Auch die

EINFACHEN Bürger Ägyptens wollten, dass sie gingen, denn auch sie hatten ihre

erstgeborenen Kinder verloren. „Geht, bevor wir alle sterben!", riefen sie. Also zogen

die Israeliten aus Ägypten fort, **SECHSHUNDERTTAUSEND** an der Zahl!

Und weil nicht genug Zeit blieb, den Brotteig AUF gehen zu lassen,

bündelten sie Schüsseln mit ungesäuertem Teig und nahmen sie mit. Und

Gott nannte Mose 3 Arten, auf die sich die Israeliten an das ERINNERN

sollten, was er für sie getan hatte. „Von nun an", sagte er zu Mose, „sollen

sie das Fest der ungesäuerten Brote FEIERN, um sich an ihre **BEFREIUNG**

zu erinnern. Außerdem sollen sie das PESSACHFEST feiern, um sich daran zu

**ERINNERN**, dass ich an ihren Häusern vorübergegangen bin, als ich die Ägypter

getötet habe. Und weil ihre FREIHEIT auf dem Tod der

erstgeborenen Ägypter beruht, sollen sie mir ihre

ICH GEHÖRE ZU GOTT!

erstgeborenen Kinder und Tiere **WEIHEN**." Dann führte Gott die **RIESIGE**

Menschenmenge zum Roten Meer, mithilfe einer **WOLKENSÄULE** bei Tag und

einer **FEUERSÄULE** bei Nacht! Doch während die Israeliten auf

ihrer Wanderung die neu erlangte Freiheit feierten, **ÄNDERTE**

der Pharao abermals seine Meinung. „Warum sollte ich meine Sklaven

ziehen lassen?", knurrte er, stieg in seinen Streitwagen und *JAGTE* den

Israeliten mit sechshundert weiteren Wagen nach. Als die Israeliten das Rote Meer

vor sich und die Streitwagen der Ägypter hinter sich sahen, schrien sie: „Mose! Hast

du uns so weit gebracht, um uns dann sterben zu lassen? Lieber wären wir Sklaven

geblieben, als hier in der Wüste umzukommen!" „Keine Angst", beruhigte sie Mose.

**„VERTRAUT** dem Herrn. Er wird für euch kämpfen!" Und tatsächlich:

Die Wolke zog zwischen die Israeliten und die

Streitwagen und nahm den Ägyptern die Sicht.

Dann befahl Gott Mose, seinen Stab zu

**ERHEBEN** und die Hand auszustrecken.

75

Und als Mose das tat, **TEILTE** sich das Meer! Links und rechts stand das Wasser

wie eine Mauer. Und mitten hindurch bahnte Gott seinem Volk den **WEG**. Und

auf diesem Weg zogen alle **600 000** Israeliten,

die Ägypter dicht auf den Fersen. Doch die Säulen aus Wolken und Feuer verwirrten

die Verfolger, und ihre Streitwagen blieben im Schlamm stecken,

sodass sie kaum **VORANKAMEN**. Als die

Israeliten sicher auf der anderen Seite angekommen waren,

streckte Mose noch einmal seine Hand über dem Meer aus.

Da **ERGOSS** sich das Wasser in Strömen über die Streitwagen, und der

Pharao und sein Heer ertranken. Nun waren die Israeliten wirklich FREI.

Sie **TANZTEN** und **FEIERTEN**. Und Aarons Schwester

Miriam nahm ein Tamburin und sang mit den Frauen ein Lied:

**SINGT DEM HERRN,
FEIERT SEINEN
WUNDERBAREN SIEG.
DENN ER HAT ROSS
UND REITER INS MEER
GEWORFEN!**

SING MIT!

# IN DIE WÜSTE

Endlich waren die Israeliten frei! Frei, um durch die **WÜSTE** in ein Land zu ziehen,

das sie ihr Eigen nennen konnten. Doch anstatt **FROH** zu sein, fingen sie an zu

**NÖRGELN**. „Wir wollen was essen, Mose! Sollen wir hier etwa

verhungern?" Also wandte Mose sich an Gott. Und Gott schickte

MJAM!

seinem Volk **WACHTELN** am Abend und Manna – himmlisches

**BROT** – am Morgen. Den Israeliten schmeckten

die Wachteln und das Manna, aber sie nörgelten **IMMER** noch. „Wir brauchen

Wasser, Mose! Sollen wir hier etwa verdursten?" Also ging Mose wieder zu Gott.

Und Gott ließ für das VOLK Wasser aus einem **FELSEN**

sprudeln! Dann befahl er Mose, auf den Gipfel des Berges

**SINAI** zu steigen. Dort gab er ihm Regeln, nach denen die

KRASSER
AUFSTIEG

Menschen leben sollten. Regeln, wie sie Gott **EHREN**,

sich gegenseitig behandeln und für Fremde

und Arme SORGEN sollten.

Es waren **ZEHN GEBOTE** und mehr,

geschrieben auf zwei **STEINTAFELN**

und alle dazu da, den Israeliten und der GANZEN

WELT zu zeigen, wie ein Leben im Dienste

Gottes aussehen sollte. Außerdem gab Gott Mose Anweisungen für den Bau

eines Tabernakels – eines Zeltes, in dem das Volk ihn **VEREHREN** konnte.

Doch Mose war inzwischen schon so lange auf dem Berg, dass das Volk wieder

anfing zu NÖRGELN. Und weil Mose weg war,

gingen sie zu AARON. „Wo ist Mose? Kommt er

überhaupt zurück oder lässt er uns einfach hier

sitzen?" Dann schmolzen sie ihren Schmuck ein und

GELOBT SEI DIE KUH!

machten daraus ein **GOLDENES** Standbild in Form eines Kalbs, das sie als ihren Gott

anbeteten! Darüber war Gott ganz und gar nicht glücklich. Gerade hatte er seinem

Volk gezeigt, wie sehr er es liebte, indem er es aus der **SKLAVEREI** befreit

hatte. Und nun verehrte es einen selbst gemachten Gott, der überhaupt nichts konnte!

„Ich werde diese **TREULOSEN** Menschen vernichten und aus ihren Kindern ein neues Volk machen", sagte Gott zu Mose. Aber Mose **FLEHTE** Gott an, sich an das Versprechen zu erinnern, das er **ABRAHAM, ISAAK** und **JAKOB** gegeben hatte: ihre Familie zu einem Segen für die Welt zu machen. Da **VERSCHONTE** Gott sein Volk, und die Israeliten wanderten weiter, **IMMER** näher heran an das Land, das

DIE SIND RIESIG!

Gott ihren Vorfahren **VERSPROCHEN** hatte. Als sie endlich dessen Grenze erreichten, schickte Mose **12** Spione aus, um das Land zu erkunden. Als die Männer zurückkehrten, versicherten zwei von ihnen, **JOSUA** und **KALEB**, dass sie das Land mit Gottes Hilfe **EROBERN** könnten. Die anderen zehn aber hatten schreckliche Angst. „Die Menschen dort müssen **RIESEN** sein!", riefen sie. „Ihre **STADTMAUERN** sind so **HOCH**, dass wir sie niemals einreißen können." Und wieder fing das Volk an zu nörgeln. „Hast du uns hierhergebracht, um uns von Riesen töten zu lassen?" Da hatte

Gott endgültig genug. „Außer Josua und Kaleb", erklärte er, „wird keiner von euch

lange genug leben, um das versprochene Land zu betreten.  Jahre lang

sollt ihr durch die **WÜSTE** irren. Erst dann werdet ihr den Weg hinein finden."

Und so geschah es: Vierzig Jahre lang zog das Volk umher und wartete. ⟵ ECHT LANG!

 UI!

In dieser Zeit starb Mose, doch zuvor führte **GOTT** ihn

auf einen ⟩BERGGIPFEL⟨ um ihm von dort aus das gelobte

Land zu zeigen. Dann, als eine neue Generation am Start war, teilte Gott das Wasser

des **JORDAN**, so wie er es beim Roten Meer getan hatte. Und das Volk zog in das

versprochene Land. Und, ja, es sollte noch **MEHR** kommen, sehr viel **MEHR**.

Denn nun musste die GROße Familie, die Gott gerettet hatte, das Land erobern.

Und sie musste lernen, dort auf eine Weise zu leben, die Gott, ihrem König, gefiel.

# DER KAMPF UM JERICHO

Es war nicht gerade die normale HERANGEHENSWEISE. Aber Josua war

mittlerweile daran gewöhnt, dass sein Gott spezialisiert war auf Dinge, die „nicht

normal" waren! ZEHN Plagen, ein geteiltes MEER, ein geteilter

**SO VIEL**

FLUSS, BROT vom Himmel, WASSER aus Felsen. Die Liste

CHECKLISTE
WUNDER

war endlos. Als der Engel erschien – der Anführer

der himmlischen Heerscharen persönlich – und ihm Gottes Plan

zur Eroberung Jerichos erklärte, nickte Josua nur. Gemessen

daran, was Gott bisher für sein Volk getan hatte, schien das hier das

NORMALSTE der Welt! Noch bevor die Israeliten den Jordan durchquert

hatten, waren Spione ausgesandt worden. Zwar hatte der König von Jericho sie

ENTDECKT, aber sie waren entkommen. „Eine Frau namens Rahab hat

uns versteckt", berichteten sie. „Dann hat sie uns durch ihr Fenster an der

Außenseite der Stadtmauer abgeseilt. Wir haben VERSPROCHEN,

sie und ihre Familie zu verschonen, wenn wir die Stadt einnehmen.

Sie wird ein rotes **BAND** an ihr Fenster knüpfen, damit wir

wissen, wo sie wohnt." Josua lächelte. Das Rot an den

Türpfosten hatte in Ägypten **ALLE** Erstgeborenen der

SEHR HÜBSCH!

Israeliten beschützt. Und wenn sie es schaffen würden,

Jericho zu erobern, sollte das **ROT** auch Rahab beschützen. Für Gott sicher wieder

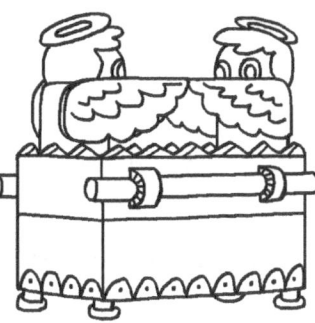

völlig **NORMAL!** In gewisser Weise war der Plan einfach.

Sein **HERZ** bildete die Bundeslade, eine spezielle Truhe,

die im heiligen Zelt, dem Tabernakel, aufbewahrt wurde. Sie

enthielt die beiden Steintafeln, auf die Gott seine Gesetze geschrieben hatte, Aarons

**STAB**, mit dem er gegen die ägyptischen Zauberer gekämpft hatte, und –

**ZU GUTER LETZT** – ein Gefäß mit Manna, dem himmlischen Brot.

Die Lade war ein Zeichen für den Bund mit Gott – für dessen Gegenwart, dessen

**GESETZ**, dessen **MACHT** und dessen **FÜRSORGE**. Sie sollte in einer Art

Prozession um die Mauern der Stadt getragen werden. Vor ihr sollten  Priester

gehen, die sieben **TROMPETEN** bliesen. Und vor und hinter ihnen sollten die

Krieger marschieren. Niemand durfte RUFEN oder gar

SCHREIEN, noch nicht einmal reden. Nichts außer dem Klang

der Trompeten sollte zu hören sein. Nicht gerade NORMAL,

eine Stadt auf diese Weise zu erobern! Ganz und gar nicht! Doch so

merkwürdig der Plan auch klang, den Josua an sein Heer weitergab - die Männer

hielten sich genau an die Anweisungen. 6 Tage lang marschierten sie um die

Stadtmauern. Einmal herum. Zum Klang der Trompeten. Die Krieger stumm. Dann, am

siebten Tag, marschierten sie abermals um die Stadtmauern. Zum Klang der Trompeten.

Die Krieger stumm. Doch an diesem Tag drehten sie eine weitere Runde. Dann eine

DRITTE und eine VIERTE, eine FÜNFTE und eine SECHSTE. Bei der

SIEBTEN Runde geschah es. ➡

EIN
LANGER
MARSCH!

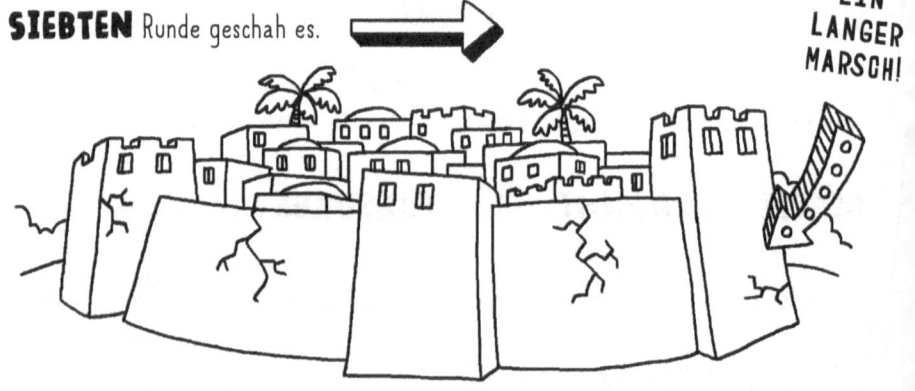

„SCHREIT!", rief Josua seinen Kriegern zu. „SCHREIT, so laut ihr könnt,

denn Gott hat euch diese Stadt gegeben!" Und ihr Geschrei hallte

wider in lautem **KNACKEN** von Mörtel und splitternden

**STEINEN**. Die MÄCHTIGE Mauer von Jericho brach

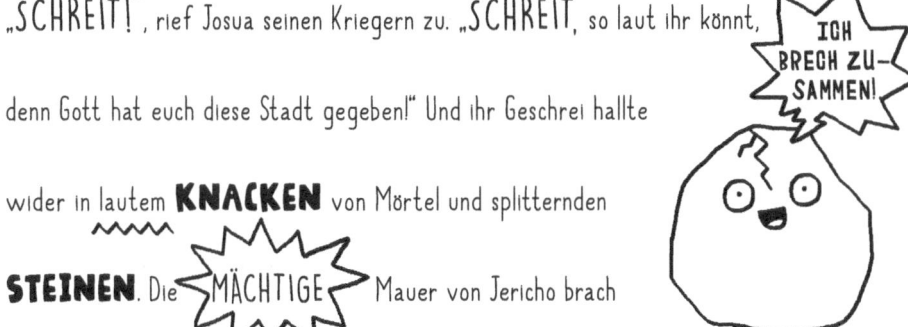

in sich zusammen! Die Stadt war besiegt. Rahabs Familie blieb verschont.

Alles total NORMAL für einen Gott, der offenbar alles andere war als normal!

# SIEG EINER FRAU

Nach Josuas Tod berief Gott sogenannte „Richter", um Israel zu führen. Teil ihrer

Aufgabe war es, **PROBLEME** zwischen den Menschen zu

klären, so wie es RICHTER auch heute noch tun. Sie dienten

aber auch dazu, ein Heer aufzustellen, mit dem sie das Land der Israeliten im Falle

eines Angriffs verteidigen konnten. Feindliche **ANGRIFFE** erfolgten meist

dann, wenn das Volk seinen Gott vergessen zu haben schien und andere Götter verehrte.

Und genau das war der Fall, als **JABIN**, der König von Kanaan, einmarschierte, um

die Israeliten zu vernichten. **20** Jahre lang unterdrückte er sie

daraufhin mit seinem Heer und seinen neunhundert eisernen

Streitwagen! Und wie so oft wandte sich das verzweifelte Volk nun wieder

an Gott und schrie um **HILFE!** Um die Israeliten zu retten, ernannte Gott

eine Frau namens DEBORA zur Richterin. Sie befahl einem Mann namens **BARAK**

im Auftrag Gottes: „Versammle zehntausend Krieger am Berg **TABOR**. Dann zieh

am Fluss Kishon gegen Jabins General **SISERA** in den

Kampf. Ich werde dafür sorgen, dass ihr siegt!"

Barak *dachte* einen Moment nach, dann sagte er zu Debora:

"Ich werde es tun, aber nur, wenn du mitkommst." Debora

LÄCHELTE. Wieder hörte sie auf Gott. "Gut, ich komm mit",

antwortete sie, "aber dann wird der Ruhm für diesen Sieg nicht dir

gehören. Nein. Gott wird Sisera durch die Hand einer Frau besiegen, darum gebührt

die Ehre ihr!" Als Sisera mit seinen  Streitwagen zum Ufer des

Kishon kam, stürmten Barak und seine zehntausend Mann vom Gipfel des Tabor

herab. **SCHWERTER** krachten aufeinander, WAGENRÄDER splitterten,

und Deboras Prophezeiung wurde wahr: Sisera und sein Heer waren besiegt!

Sisera *RANNTE* um sein Leben und fand Unterschlupf im Zelt einer Frau namens

JAEL. "Komm herein", sagte sie zu ihm. "Hier hast du nichts zu befürchten."

Der Heerführer trat in ihr ZELT, und Jael legte eine Decke um ihn.

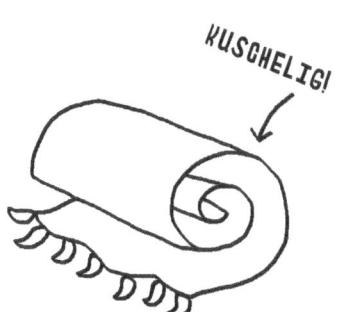

KUSCHELIG!

„Ich hab solchen **DURST**", sagte er. „Kannst du mir etwas zu trinken

geben?" „Natürlich", antwortete Jael, „hier hast du Milch."

DANKBAR trank Sisera, dann gähnte er. „Ich bin so **MÜDE**.

Ich muss schlafen. Kannst du für mich den Zelteingang BEWACHEN

und sagen, dass ich nicht hier bin, falls mich jemand sucht?" „Natürlich", antwortete

Jael wieder. Aber sie hatte etwas anderes im Sinn. Denn dieser Mann hatte

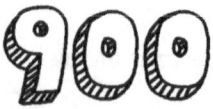 Streitwagen befehligt und als Führer von

Jabins Heer das Land auf grausame Weise UNTERDRÜCKT.

Und nachdem Sisera eingeschlafen war, nahm sie einen HAMMER und schlug

ihm einen **ZELTPFLOCK** in den Schädel. AUTSCH! Als Barak auf der Jagd

 nach Sisera vorbeikam, zog Jael die Zeltklappe zur

Seite und sagte: „Hier ist der Mann, den du suchst." Als Barak den

TOTEN Heerführer sah, ERINNERTE er

sich an Deboras Worte: „Gott wird Sisera durch die Hand einer

FRAU besiegen."

**GOTT HAT ÖFTER FRAUEN IN SEINEN DIENST GESTELLT! AUF SEITE 148 FINDEST DU DIE GESCHICHTE EINER ANDEREN AUßERGEWÖHNLICHEN FRAU ...**

Und so wurden die Israeliten gerettet. **JUHU!** Bis sie **WIEDER** andere Götter

verehrten und daraufhin wieder ihren Feinden in die Hände fielen. Und Gott

**WIEDER** und **WIEDER** und **WIEDER** Richter einsetzen musste, um

sie zu retten. Denn nein, Gott hatte sein Versprechen nicht vergessen – dieses

**GROßE** Versprechen, dass durch Abrahams Familie ein ganz

 Kind auf die **WELT** kommen würde. Das behielt er stets im

Hinterkopf – allerdings würde er dazu jemanden aus einer

anderen Familie brauchen ...

# FAMILIÄRE VERPFLICHTUNGEN

 **NOOMI** war eine Israelitin aus dem Volk Gottes, aber sie lebte nicht in

Israel. Nicht mehr. Im Zuge einer **HUNGERSNOT** war sie mit ihrem Mann und

ihren **2** Söhnen nach **MOAB** gekommen, auf der Suche nach Essen. Ihre

**SO TRAUR**

Söhne hatten Moabiterinnen geheiratet, ORPA und RUT. Deshalb blieben

sie auch nach Ende der Hungersnot in Moab. Doch eines Tages starb Noomis

Mann, und als ob das nicht schon **SCHLIMM** genug gewesen wäre,

starben kurz darauf auch ihre beiden Söhne! „Ich gehe zurück in meine Heimat",

 verkündete Noomi ihren Schwiegertöchtern, „zurück nach

BETLEHEM in Israel, wo ich herkomme." „Wir begleiten

dich", boten die beiden an. Doch Noomi **SCHÜTTELTE**

den Kopf. „Nein", sagte sie. „Selbst wenn ich wieder heirate und noch einmal Söhne

bekomme, könnt ihr kaum warten, bis sie **GROß** genug sind, um euch zu heiraten.

Kehrt zu euren Müttern zurück und fangt ein neues Leben an." Orpa KÜSSTE

Noomi und sagte traurig . Aber Rut wollte ihre Schwiegermutter

nicht verlassen. „Ich gehe mit dir", beharrte sie. „Dein **VOLK** ist mein **VOLK**

und dein **GOTT** ist mein **GOTT**." Also zogen sie zusammen los und kamen

gerade rechtzeitig zur Gerstenernte in Betlehem an. BOAS, ein Verwandter von

Noomis verstorbenem Mann, besaß viele Felder, und Noomi schickte Rut los, um die

Gerste aufzulesen, die die Erntehelfer übrig gelassen hatten. Dieser Brauch der

„**NACHLESE**" war Teil des Gesetzes, das Gott seinem Volk gegeben hatte. Es war

dazu da, auch die **ARMEN** mit Essen zu versorgen. Boas hatte gehört, was Rut

für Noomi getan hatte, und wies seine Arbeiter an, dafür zu sorgen, dass Rut so

viele **ÄHREN** wie möglich sammeln konnte. Als Rut

fragte, warum er so freundlich zu ihr war,

SO VIEL GETREIDE!

sagte er schlicht: „Ich bewundere dich. Die **TREUE**, die du Noomi erwiesen hast,

ist **UNGLAUBLICH**, genau wie dein **MUT**, deine eigene Familie und Heimat zu

verlassen, um hier bei uns zu leben. Segne Gott dich für das, was du getan hast!"

Es gab noch einen anderen Grund, den Boas ihr anfangs aber nicht verraten

wollte: Er hatte Rut **SEHR GERN**. Noomi blieb das nicht verborgen, und so

ermunterte sie die beiden, mehr Zeit miteinander zu verbringen. Bald schon sorgte

Boas dafür, Rut heiraten zu können. Heutzutage klingt es **MERKWÜRDIG**,

aber damals war es üblich, dass ein Verwandter nicht nur den Besitz eines

Verstorbenen **ERBTE**, sondern auch das Recht, dessen

**SEHR SELTSAM!**

Witwe zu heiraten. Durch die Kinder dieser neuen Ehe blieb der Name

des toten Mannes für die Nachwelt erhalten. Diesen Erben nannte man

**LÖSER**, er zahlte eine **ABLÖSE** für das Land und die Rechte, die damit

einhergingen. Dummerweise war Boas nicht der Löser für

das Land, das Noomis Ehemann hinterlassen hatte,

aber dagegen konnte er **ETWAS** unternehmen: Er ging zu dem neuen

Besitzer des Landes und fragte, ob er es ihm abkaufen könne.

Der Mann sagte JA! Boas erwarb also dieses Land – und damit

zugleich auch das Recht, Rut zu heiraten! Und so wurden

aus dem **REICHEN** Bauern und der **TREUEN** Fremden Mann und Frau.

Und wie es sich für eine ordentliche LIEBESGESCHICHTE gehört, lebten sie

glücklich bis an ihr Lebensende. Rut bekam einen Sohn, den sie OBED nannten.

Und als Obed groß war und geheiratet hatte, bekam er einen Sohn, der ISAI hieß.

Und als **ISAI** groß war, bekam er viele Söhne, darunter einen gewissen David, der

einen RIESEN tötete und König wurde – er war ein entfernter Vorfahre dieses

ganz bestimmten Babys, das in eine

Krippe gelegt wurde ...

# NÄCHTLICHE RUHESTÖRUNG

„SAMUEL!", rief jemand. „SAMUEL!" Samuel glaubte zu wissen, wer ihn

gerufen hatte: der alte Priester **ELI**, der fast blind war und wieder einmal seine Hilfe

brauchte. Es war spät. Es war dunkel. Nur im Tabernakel,

dem heiligen Zelt, in dem die Menschen zu Gott beteten, brannte

eine **LAMPE**. Es war der Ort, an dem die Bundeslade aufbewahrt

**SEHR HELL!**

wurde, das ZEICHEN für die Gegenwart Gottes. Und zufällig war es auch der Ort,

an dem Samuel schlief! Samuel war kein WAISENKIND. Er hatte Mutter und Vater.

Aber seine Mutter hatte lange beten müssen, bevor sie ein Kind bekam.

Und als Gott ihre Gebete schließlich **ERHÖRT** und ihr Samuel

geschenkt hatte, gab sie ihm das Kind aus Dankbarkeit gewissermaßen

gleich wieder zurück. Seit Samuel denken

konnte, lebte er im Tabernakel und half dem alten Priester.

Deshalb brauchte er noch nicht einmal LICHT, um sich

zurechtzufinden. Er kannte das ZELT wie seine

**HIER WOHNT SAMUEL!**

94

Westentasche. Und in null Komma nichts war er bei Eli. „**HIER BIN ICH!**"

sagte Samuel. Der alte Priester **BRUMMTE** und **GÄHNTE**

und öffnete mühsam die Augen. „Ich hab dich nicht gerufen",

murmelte er. „Leg dich wieder hin." „**MERKWÜRDIG**", dachte Samuel,

während er zu seinem Bett zurück**SCHLICH**. Aber es wurde noch merkwürdiger,

denn wieder rief ihn eine Stimme: „**SAMUEL!**" Und wieder lief Samuel zum

Priester. „Du hast mich gerufen. Hier bin ich!" Aber der Priester

freute sich kein bisschen, ihn zu sehen. „Ich hab dich nicht gerufen",

sagte Eli, dieses Mal recht **BARSCH**.

„Leg dich wieder hin." Also kehrte Samuel zu seinem Bett zurück

und spähte dabei nach allen Seiten auf der Suche nach dem **GEHEIMNISVOLLEN**

Sprecher, der sich offenbar irgendwo versteckt hielt. Schließlich kroch er wieder unter

seine Decke. Doch kaum war er in einen unruhigen Schlaf gefallen,

rief die **STIMME** noch einmal seinen Namen: „SAMUEL!"

Da *RANNTE* der Junge zu Eli und keuchte:

„Du hast mich gerufen! Hier bin ich!" Dieses Mal schickte Eli ihn nicht wieder ins Bett. Er

**STARRTE** in die Dunkelheit, als ob seine alten Augen darin etwas hätten erkennen

können, und wartete. Dann nickte er **BEDÄCHTIG**. „Das ist

schon lange nicht mehr vorgekommen", sagte er. „Aber ich glaube,

jetzt ist es wieder so weit. Du hörst DIE STIMME GOTTES. Er ist derjenige,

der dich ruft. Wenn er dich das nächste

Mal anspricht, sag einfach: „Rede, **HERR**!

Dein Diener **HÖRT**." Langsam ging Samuel

in sein Bett zurück und fragte sich, ob er die

**STIMME** noch einmal hören würde. Und tatsächlich:

Sobald er den Kopf aufs Kissen gelegt hatte, hörte er seinen Namen: „**SAMUEL!**

**SAMUEL!**" „Rede, Herr", flüsterte Samuel, „dein Diener hört." Und Gott redete.

In dieser Nacht und immer wieder in Samuels Leben. Und so wurde Samuel zum

SPRECHER Gottes, zum BOTSCHAFTER Gottes, zum PROPHETEN Gottes.

Und deshalb wurde der Name Samuel in ganz **ISRAEL** berühmt.

IN DER BIBEL GIBT ES **VIELE** MENSCHEN, ZU DENEN GOTT GESPROCHEN HAT. KENNST DU WELCHE?

SAMUELS GESCHICHTE GEHT NOCH WEITER!

# (K)EINE GUTE WAHL

**JAHRELANG** gab Samuel die Botschaften **GOTTES** an die Israeliten

weiter. **JAHRELANG** hörten die Israeliten zu. Doch eines

Tages baten sie Samuel darum, Gott auch einmal eine BOTSCHAFT

von ihnen zu überbringen! „Alle Länder um uns herum haben einen König", (sagten sie).

„Sag Gott, dass wir auch einen **KÖNIG** wollen!" Samuel war davon nicht gerade

begeistert. Und Gott genauso wenig. **ER** war schließlich der König seines Volkes! „Sie

lehnen nicht dich ab", sagte Gott zu Samuel, „sondern mich. Lass sie haben, was sie

wollen. Aber erkläre ihnen auch, was das bedeutet." Und das tat Samuel. „Ein König

wird eure Söhne zu SOLDATEN machen", sagte er dem Volk, „und eure Töchter zu

DIENERINNEN. Er wird ein Zehntel eures Besitzes verlangen und dazu verwenden,

seinen Hofstaat zu finanzieren. Er wird euch in den **KRIEG** führen."

SEHR
GROß!

Das Volk aber ließ sich nicht umstimmen, und so machte Samuel sich auf

die Suche und fand einen Mann namens **SAUL**, er war gut aussehend,

stark und GROß. Größer als jeder andere im Land.

98

Das bedeutete, dass die Menschen GEZWUNGEN

waren, zu ihm aufzublicken. Was ihn in der Tat **SEHR** majestätisch

erscheinen ließ. Samuel ernannte ihn zum König von Israel und goss ihm

ÖL auf den Kopf – Zeichen dafür, dass Saul im Geiste Gottes (HANDELN) würde.

Und eine Zeit lang ließ Saul Gottes Geist seine Arbeit auch tun. Aber wenn man

GUT AUSSEHEND, STARK und sehr GROß ist, geschieht es leicht, dass man

anfängt, sich nur noch auf die eigene Stärke und MACHT zu verlassen, wenn

es darum geht, Dinge zu regeln. Und genau das passierte dem wirklich sehr

GROßEN Saul. Er regelte die Dinge auf seine Weise. Er hörte nicht mehr auf

Samuel. Und, schlimmer noch, er gehorchte Gott nicht mehr. Deshalb befahl Gott

Samuel, sich auf die Suche nach einem neuen König

VIELLEICHT NICHT GANZ SO KLEIN!

zu machen, am besten nach einem **KLEINEREN**, auch wenn

Gott das nicht ausdrücklich sagte. Jedenfalls nicht sofort.

Gott schickte ihn nach BETLEHEM zu einem Mann namens ISAI (Ruts Enkel,

weißt du noch?). „Einer von Isais Söhnen soll der neue König werden", sagte Gott zu

Samuel. Sieben Söhne standen um Isai herum, als Samuel ankam, und der Prophet nahm

alle **GENAUESTENS** unter die Lupe. Der erste Sohn – der GROßE,

GUT AUSSEHENDE Eliab – schien vielversprechend. „Er sieht aus wie ein König",

dachte Samuel. Aber Gott war anderer Meinung. „So einen hatten wir schon", flüsterte

er seinem Propheten zu. „Ich bin nicht an **GRÖßE, AUSSEHEN** oder

sonstigen **ÄUßERLICHKEITEN** interessiert. Wichtig ist mir ein

gutes HERZ ." Ein Sohn nach dem anderen TRAT vor den Propheten, aber

Gott lehnte alle ab. „Du hast nicht zufällig noch einen Sohn, oder?", fragte Samuel.

„Doch, schon", antwortete Isai. „David. Er ist der jüngste und hütet gerade die Schafe."

Man holte David, und Samuel wusste auf den ersten

**BLICK**, dass er der Richtige war. „KLEINER. JÜNGER.

BESSER", dachte der Prophet, als bei ihm der Groschen gefallen

war. „Jemand, der auf Gott vertrauen muss und nicht versuchen wird,

auf eigene Faust zu **REGIEREN**." Also GOSS Samuel Öl auf Davids Kopf,

und der Geist Gottes *SPRANG* auf den Jungen über. Und auch wenn das Volk es

noch nicht wusste: Israel hatte einen nigelnagelneuen König.

**ER WIRD EIN TOLLER KÖNIG!**

**GLEICH KOMMT EINE RIESEN GESCHICHTE!**

# DAVID UND DER RIESE

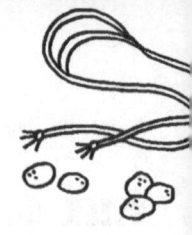

Der Geist Gottes hatte Saul verlassen. Samuel hatte David zum König **GESALBT**, und obwohl Saul noch auf dem Thron saß, war er nicht mehr der von Gott auserwählte König. Jetzt – ohne Gott – wurde Saul von einem **BÖSEN** Geist gequält. „Musik könnte dir guttun", sagten seine Diener. Also schickte Saul sie los, um einen Musiker für ihn zu suchen. Sie fanden einen jungen Hirten, der sehr gut **LEIER** spielen konnte. In Betlehem. Im Haus von Isai. Ja, dieser Hirte war David – genau der, der auserwählt worden war, um den kranken König Saul zu ersetzen! Aber das wusste Saul natürlich nicht. Als David spielte, wurde es Saul LEICHT ums Herz. „Ich mag dich", sagte Saul zu ihm. „Ab jetzt sollst du für mich spielen und mein persönlicher Waffenträger sein." Die **3** ältesten Brüder Davids, **ELIAB**, **ABINADAB** und **SCHIMA**, waren Soldaten in Israels Heer. Eines Tages

**KEINER KANN MICH SCHLAGEN!**

schickte Davids Vater ihn mit Brot zu ihnen. „Ich will wissen, wie es ihnen geht", sagte er. Wie es sich herausstellte, ging es ihnen überhaupt nicht gut. Genauer gesagt: Das GANZE Heer zitterte vor ANGST, weil die Philister aus dem Norden gegen die Israeliten in den Kampf gezogen waren und einen sehr UNGEWÖHNLICHEN Soldaten auf ihrer Seite hatten. Er war mehr als 3 Meter groß. Seine Rüstung aus BRONZE wog 70 Kilo, und sein Speer war fast 8 Meter lang. Er hieß GOLIAT, und jeden Morgen forderte er das Heer der Israeliten zum Wettstreit auf: „Schickt mir einen, der gegen mich antritt! Wenn er gewinnt, wollen wir eure Diener sein. Gewinne ich, müsst ihr uns dienen." Keiner der Soldaten glaubte, er hätte auch nur die geringste Chance gegen diesen RIESEN. Als David seine Brüder besuchte, hörte auch er die Aufforderung zum Wettkampf und fragte: „Welche Belohnung gibt der

**ER IST MEGA STARK!**

König dem Mann, der diesen Riesen besiegt?" **„GROßE REICHTÜMER",**

entgegnete ein Soldat, „und seine Tochter zur Frau." „O.k., ich tu's", sagte David.

Da rief der König **DAVID** zu sich. „Du bist zu jung", sagte Saul. „Zu **JUNG** und

**UNERFAHREN**. Dieser Goliat ist schon seit Jahren Soldat." „Als einmal ein Löwe

die Schafe meines Vaters angegriffen hat, habe ich ihn gepackt und getötet. Dasselbe

tat ich mit einem **BÄREN**. Gott hat mich vor beiden beschützt und er wird

mich auch vor diesem riesigen Philister beschützen!" „Dann nimm meine Rüstung",

sagte Saul. Doch David hatte keine Erfahrung darin, in Rüstung zu kämpfen. Aber er

hatte eine Steinschleuder. Die nahm er, sammelte **5** Steine auf und zog gegen

Goliat in den Kampf. Stille legte sich über das Schlachtfeld, als Goliat erschien. Eine Stille,

die vom hämischen **GELÄCHTER** des Riesen durchbrochen wurde, als David auf ihn

zumarschierte. „Bin ich ein Hund", schnaubte Goliat, „dass ihr mir einen

Jungen schickt, der kaum größer ist als ein **STÖCKCHEN**? Komm her, ich

werde dein Fleisch den wilden **TIEREN** und **VÖGELN** zum Fraß vorwerfen!" Doch David entgegnete: „Du kommst mit **SCHWERT, SPIEß** und

**SPEER**, ich aber komme im Namen des Herrn der himmlischen Heerscharen. Er wird

mir zum Sieg verhelfen. Ich werde dich erschlagen. Dein Körper, nicht meiner, wird ein

Fressen für die VÖGEL und wilden TIERE. Und jeder wird wissen, dass es in

Israel einen **GOTT** gibt." Als der Riese auf ihn *ZUSTÜRMTE*,

OH.OH!

legte David einen Stein in seine Schleuder und ließ ihn

fliegen. Der kleine Stein traf Goliat zwischen

WAS FÜR EIN SCHUSS!

den Augen, und der

Riese fiel zu Boden. David

schnappte sich Goliats

Schwert, holte aus und **SCHLUG**

dem Riesen den Kopf ab! Die Philister

nahmen Reißaus. Israels Soldaten

JUBELTEN. David war ein Held. Und jeder

wusste jetzt, dass es in Israel wirklich einen **GOTT** gab!

# DAVIDS GROBER FEHLER

Saul weigerte sich, Gottes Entscheidung zu akzeptieren und David den Thron zu überlassen. Doch Gott beschützte David und half ihm, Saul zu besiegen. Fortan regierte König David von **JERUSALEM** aus. David liebte Gott. Er **VERTRAUTE** ihm, er **VEREHRTE** ihn. Bis er eines Tages damit aufhörte. Sein Heer befand sich in einem Krieg. Vom Dach des Palastes aus sah David eine **WUNDERSCHÖNE** Frau, BATSEBA. Sie gefiel ihm sehr, und so ließ er sie holen. David liebte BATSEBA auf eine Art, wie ein Mann nur seine Frau liebt. Doch Batseba war nicht Davids Frau. Sie war verheiratet mit **URIJA**, einem von Davids Soldaten, die gerade im **KRIEG** kämpften. Als Batseba dem König bald darauf sagte, dass sie ein Kind von ihm bekam, tat David alles, um die Leute glauben zu lassen, das Kind stamme von Urija. Deshalb bat er Urija, aus der Schlacht zurückzukommen und bei Batseba zu übernachten. Aber Urija war ein treuer Soldat und wollte auf keinen Fall die Nacht im Haus verbringen, während

seine Kameraden auf dem Feld schlafen

**WARUM MUSS ICH NACH VORN?!**

mussten. Deshalb beschloss David,

das PROBLEM anders zu lösen. Er schickte

Urija zurück in die **SCHLACHT** und befahl dem

Heerführer, Urija an vorderster Front kämpfen zu lassen, dort, wo der Krieg am

heftigsten tobte. Dann sollten sich die anderen **SOLDATEN** blitzschnell

zurückziehen, sodass Urija den Feinden allein gegenüberstand. Und so

musste Urija sterben. David TÖTETE Urija zwar nicht mit seinem eigenen

Schwert, aber indem er den treuen Soldaten in den sicheren **TOD** schickte,

war es, als hätte er ihn eigenhändig umgebracht. Nachdem eine angemessene Zeit

vergangen war, heiratete David Urijas Witwe Batseba. Damit war für David das

Problem gelöst, NICHT aber für Gott! Gott sandte den Propheten **NATAN**, um David

KÖSTLICH! eine Geschichte zu erzählen. „Es war einmal ein Mann, der

viele Schafherden besaß", fing Natan an. „Sein Nachbar dagegen

hatte nur ein EINZIGES Schaf – ein

Lamm, das er von Hand aufgezogen hatte und dem er von seinem

Tisch zu fressen gab. Eines Tages hatte der erste Mann einen Gast

und wollte ihm ein **LECKERES** Essen vorsetzen. Aber anstatt dafür eins

seiner vielen eigenen Schafe zu nehmen, stahl er das Lamm des anderen Mannes. Er

**TÖTETE** es, bereitete es zu und gab es seinem **GAST** zu essen. Was sollte man mit

diesem Mann machen, mein König?" „Der Mann muss bestraft werden", **BRÜLLTE**

David, „sag mir, wer es ist!" Da zeigte Natan auf den **KÖNIG** und flüsterte: „Du!

**DU BIST DIESER MANN**. Und Gott sagt, weil Urija durch das

Schwert zu Tode kam, soll das Schwert in deiner Familie **WÜTEN**, bis du

stirbst. Selbst deine Kinder werden sich gegen dich **AUF**lehnen." Da fiel David auf

die Knie.

**NATANS GESCHICHTE IST EIN GLEICHNIS. JESUS HAT AUCH OFT GLEICHNISSE ERZÄHLT. KENNST DU EINES?**

„Das stimmt!", schluchzte er. „Ich habe GESÜNDIGT." „Gott wird dir vergeben",

entgegnete Natan, „aber das Kind, das du mit Batseba hast, wird leider

sterben müssen." Und David entschuldigte sich bei Gott auf seine eigene

Weise. So wie er Gott gern in seinen Liedern gelobt hatte, so bat er ihn jetzt

in einem PSALM um VERZEIHUNG:

WEIL DEINE
LIEBE NIEMALS
ENDET, SEI MIR
GNÄDIG, HERR,
UND WASCHE
MICH VON MEINEN
SÜNDEN REIN.

Für David sah es so aus, als wäre es das Ende. Doch weil Gott jedem ZUHÖRT, der

ihn um Entschuldigung bittet, sollte noch **MEHR** kommen, sehr viel **MEHR**:

das verheißene Kind – Davids Nachfahre. Es würde eines Tages jedem Menschen, der

aufrichtig bereut, Gottes Vergebung zusichern ...

# EIN WEISES URTEIL

Genau wie der Prophet es vorhergesagt hatte, herrschten fortan **STREIT** und

**GEWALT** in Davids Haus. Einige seiner Söhne organisierten einen Aufstand gegen

ihn mit dem Ziel, den **THRON** zu besteigen – allerdings ohne Erfolg. Am Ende

wurde Davids Sohn **SALOMO** gekrönt. Salomo wusste, dass er

ein schweres Erbe antrat. Deshalb ging er nach dem Tod seines Vaters

**KLUGER KOPF!**

nach  GIBEON, einem heiligen Ort, um Gott ein Opfer

zu bringen. Und dort sprach Gott zu ihm: „Was kann ich dir geben?"

Salomo hätte ihn um alles bitten können – **REICHTUM**, **MACHT**, **RUHM**.

Doch weil Salomo wusste, dass es nicht leicht sein würde, das Volk Gottes zu führen,

sagte er: „Herr, du hast meinem Vater David beigestanden, selbst in schlechten Zeiten.

Nun hast du mir seinen Thron überlassen, und was ich am dringendsten brauche, ist

**WEISHEIT**, um dieses Land und dein Volk zu regieren." Gott gefiel Salomos

Antwort. „Du hättest um Reichtum, Macht oder Ruhm bitten können", sagte Gott,

**GUTE ANTWORT!**

„aber weil du mich allein um **WEISHEIT** gebeten hast,

will ich dir sowohl das eine als auch das andere geben! Du musst mir nur **TREU**

bleiben und meine Gebote befolgen." Und so war Salomo schließlich nicht nur BERÜHMT

für seinen **REICHTUM** und seine **MACHT**, sondern auch für seine **WEISHEIT**.

Eines Tages besuchten ihn  Frauen, sie wohnten im selben Haus. Die erste HIELT

ein Baby im Arm. „Ich habe ein Kind bekommen", sagte die zweite Frau,

„genau wie sie." Sie zeigte auf die erste

Frau. „Aber ihr Kind ist gestorben. Und als ich geschlafen

habe, hat sie sich mein Baby – DIESES hier – genommen

und ihr totes Kind neben mich gelegt. Als ich aufgewacht

bin, habe ich sofort gewusst, dass das Kind neben mir nicht meines war, aber sie will

mir mein Baby nicht zurück GEBEN !" Die erste Frau schüttelte den Kopf:

„Das ist mein Kind! Es war schon immer mein Kind!" Da handelte Salomo

**WEISE**, aber auch sehr furchterregend, denn er ließ sich ein Schwert

bringen. „Ihr sagt beide, dass das Baby euch gehört", sagte er. „Dann schneiden

wir das Kind in **ZWEI** Teile, und jede kann eine Hälfte haben."

„Nein!", schrie die zweite Frau. „Lieber soll sie mein Kind behalten, als dass es in zwei Hälften geschnitten wird!" „Tu es", RAUNTE die erste Frau, „dann bekommt keine von uns den Jungen." Da hatte Salomo seine Antwort. „Eine Mutter würde ihren Sohn lieber **HERGEBEN**, als zusehen zu müssen, wie er getötet wird", sagte er. „Gebt das Kind der Frau, die die Beschwerde vorgebracht hat." Das war nicht das einzige Mal, dass Salomo seine **KLUGHEIT** unter Beweis stellte.

Er schrieb Hunderte Sprüche – weise Sprichwörter, die die Menschen lehrten, wie sie am **BESTEN** leben sollten.

Außerdem wurde er von Gott beauftragt, einen Tempel zu bauen, GROSS und

**SCHÖN**. Er sollte das Tabernakel ersetzen und fortan die Bundeslade beherbergen. Viele Jahre ging das Volk Israels dorthin, um zu Gott zu beten und ihm **OPFER** zu bringen. Doch leider hielt sich Salomo nicht an die Versprechen, die er Gott gegeben hatte. Er heiratete Frauen aus anderen Ländern – **700** an der Zahl! Und er ließ nicht nur zu, dass seine Frauen fremde Götter anbeteten,

sondern errichtete im ganzen Land Stätten, an denen sie diese Götter verehren

konnten. Und Salomo selbst VEREHRTE sie auch! Deshalb TEILTE GOTT

sein Königreich in zwei Hälften – so wie Salomo es dem BABY angedroht

hatte. Die NÖRDLICHEN Gebiete wurden zum Königreich Israel, die

SÜDLICHEN zum Königreich Juda. Und trotz all seiner WEISHEIT und all seines

REICHTUMS schaffte Salomo es nicht, sein Land zusammenzuhalten. Denn er hatte

sich von dem Gott abgewandt, dem er seine

Weisheit zu verdanken hatte.

# REGENZEIT

Salomos Königreich war aufgeteilt worden in das Königreich Israel im NORDEN und

das Königreich Juda im SÜDEN. Die Könige kamen und gingen. Einige waren GUT,

einige waren BÖSE. Einer der schlimmsten war König AHAB. Er regierte Israel und

war mit Königin ISEBEL verheiratet. Sie stammte aus dem Land der Philister

oben im Norden und verehrte einen Gott namens Baal. BAAL war ein

„FRUCHTBARKEITSGOTT". Die Menschen, die an ihn glaubten, dachten, wenn

sie ihm Opfer darbrachten, schösse das Korn auf den Feldern in die HÖHE

und sie hätten eine reiche Ernte. Doch da täuschten sie sich. Baal war nicht mehr als

ein machtloser Götze, ein Standbild. Isebel aber war von ihrem Wesen

her sehr überzeugend und besaß als Frau des Königs große MACHT.

Diese Macht nutzte sie, um in ganz Israel Statuen von Baal

aufstellen zu lassen. Und jeder, der damit nicht einverstanden war, wurde bestraft,

also jeder, der den Gott Israels verehrte – den Gott, der sein Volk gerettet und in

dessen EIGENES Land geführt hatte. Den Gott, den es WIRKLICH gab und

der wahre Macht besaß. Der kein **NUTZLOSES** Standbild war wie Baal. Gott beschloss, zu handeln. Er sandte seinen Propheten **ELIJA** zu Ahab. „Gott sagt, es wird nicht mehr regnen", verkündete Elija, „bis du aufhörst, Baal anzubeten." Aber Ahab weigerte sich. Und **3** Jahre lang fiel kein Regen! Die Dürre führte zu einer schlimmen **HUNGERSNOT**. Als Elija dann wieder zu Ahab kam,

**NICHT GUT!**

schäumte der König vor **WUT**. Elija sagte: „Du hast Gott den Rücken gekehrt, seine Gebote missachtet und Baal angebetet. Diese Dürre ist deine Schuld! Schick deine Baalspropheten auf den Berg Karmel, dann werden wir sehen,

wer den wahren Gott verehrt." Die Baalspropheten marschierten den Berg hinauf – vierhundertfünfzig an der Zahl. Das Volk Israel **FOLGTE** ihnen, gespannt darauf, was passieren würde. „BETET eine Zeit lang zu Baal", rief Elija den Menschen zu, „und dann betet ihr zu Gott, unserem Herrn. Die Zeit der Entscheidung ist gekommen. Wir machen einen **WETTBEWERB**. Wenn Baal gewinnt, könnt ihr ihn anbeten. Doch wenn sich unser Herr als der wahre Gott

ERWEIST, müsst ihr ihm folgen." Elija ließ zwei Bullen schlachten.

„Schneidet euren Bullen in Stücke", sagte er zu den Baalspropheten.

„Legt ihn auf euren Altar. Dann bittet euren Gott, **FEUER** vom

Himmel zu schicken, um den Bullen zu verbrennen." Die Propheten Baals taten,

was Elija ihnen gesagt hatte. Vom Morgen bis zum Mittag riefen sie zu Baal.

Aber nichts passierte. **(NICHTS.)** „Vielleicht schläft euer Gott", meinte Elija.

„Oder er ist verreist. Oder er sitzt auf dem KLO." Da schrien die Baalspropheten noch

SPÜLEN NICHT VERGESSEN!

**LAUTER.** Trotzdem passierte nichts. Und als

sie schließlich erschöpft waren, bereitete Elija seinen Bullen vor.

Er errichtete einen Altar aus **12** Steinen, einen für jeden

Stamm Israels. Er schichtete Holz darauf und legte die Fleischstücke auf

das Holz. Dann zog er einen GRABEN um den Altar und goss Wasser –

kostbares **WASSER** in ZEITEN der Dürre! – über

**ALLES**, bis es in den Graben floss. „Herr", betete er,

„zeig es deinem Volk: Du bist der wahre Gott, und

ich bin dein Prophet. Schick FEUER und bekehre dein Volk."

Kaum hatte Elija gesprochen, da loderten Flammen vom

Himmel und verbrannte den **BULLEN**, das **HOLZ**,

die STEINE und das WASSER! Die Menschen warfen

sich zu Boden und riefen: „Der Herr ist unser

Gott!" Sie jagten die **BAALSPROPHETEN** fort, und dann – erst dann – begann

es endlich zu regnen.

ENDLICH REGEN!

# JESAJAS VISION

Gott sandte Propheten wie Elija, um mit den **BÖSEN** Königen Israels zu sprechen.

Im Südreich Juda regierten zwar gelegentlich GUTE Herrscher, aber es gab dort

ebenfalls eine ganze Menge schlechter Könige. Also musste Gott auch ihnen Propheten

schicken, um ihnen sagen zu lassen, dass sie den wahren Gott **VEREHREN** und

aufhören sollten, den Armen das Leben schwer zu machen. Zu einem der bekanntesten

**VIEL LÄNGER ALS DAS!**

Propheten wurde Jesaja. Im Jahr, in dem König Usija starb, besuchte Jesaja den

von Salomo erbauten Tempel in Jerusalem. Während er betete,

hatte er eine **VISION**. Er sah Gott! Hoch **OBEN** in der Luft.

Gott saß auf einem Thron und trug ein Gewand, das so lang war,

dass es den ganzen Tempel ausfüllte. Über ihm schwebten

**SERAFIM** („die Brennenden") – Engel, die so HELL strahlten wie Flammen.

Die Engel hatten je **6** Flügel. Mit zweien bedeckten sie ihr Gesicht,

mit zweien ihre Füße und – richtig! – mit zweien flogen sie. Und sie

waren keineswegs **STUMM**, diese Serafim. Während sie mit den Flügeln

118

FLATTERTEN und umherschwebten, lobten sie Gott und riefen:

> HEILIG IST DER HERR DER HEERSCHAREN! DIE ERDE IST VOLL VON SEINER HERRLICHKEIT!

Die Stimmen der Serafim ließen den Tempel

**ERZITTERN** bis auf seine FUNDAMENTE.

Er füllte sich mit Rauch. Und was tat Jesaja inmitten von Serafim und Rauch?

Umgeben von donnernden Stimmen und **RUMORENDEM** Gemäuer?

Am Fuße von Gottes Thron? Er rief: „Weh mir! Meine Augen haben Gott gesehen,

den (König). Den Herrn der Heerscharen! Aber ich bin ein Mann mit **UNREINEN**

Lippen. Und auch die Lippen derer, die mich umgeben, sind unrein!" Womit er sagen wollte, dass er und seine Landsleute viel UNRECHT getan hatten. Und während

er noch klagte und ZITTERTE und sich fragte, was Gott

mit einem Sünder wie ihm vorhatte, beobachtete er, wie einer der

Serafim sich eine Zange GRIFF und ein rot glühendes Stück KOHLE

aus dem Feuer holte, das auf dem Altar brannte. Damit schwebte er

zu JESAJA und hielt es ihm vors Gesicht. Was Jesaja wohl dachte, als

HEI
DI

dieses flammende himmlische Wesen NÄHER und NÄHER kam?

Wahrscheinlich: „ICH BIN VERLOREN!" Aber das war er nicht. Ganz und

gar nicht. Der Serafim berührte mit der glühenden Kohle Jesajas

LIPPEN (o. k., das war sicher nicht angenehm) und sagte: „Diese Kohle vom Altar

hat deine Lippen berührt. Damit ist deine SCHULD von dir genommen, und du

UAAH!

bist gereinigt von deinen Sünden." Dann hörte Jesaja eine Stimme.

Sie kam vom Thron: Die STIMME Gottes! „Wen soll ich schicken?",

WER
SPRICHT
DA?

fragte die Stimme. „Wer wird für uns gehen?" Und

Jesaja HÖRTE eine zweite Stimme – seine eigene:

„Hier bin ich, schick mich!" Und von da an überbrachte Jesaja mehr als **50** Jahre lang seinem Volk die **BOTSCHAFTEN** Gottes. Botschaften, die dazu aufriefen, sich wieder Gott zuzuwenden und die im Gegenzug Gottes Hilfe **VERSPRACHEN**. Eine der Botschaften war an die Menschen kommender Zeiten gerichtet: Sie machte ihnen Hoffnung auf einen Retter, der die Strafe für alle Sünden der Menschen auf sich nehmen würde – Hoffnung auf ein **OPFERLAMM**, auf einen Mann, dessen Schmerz die Wunden der Welt heilen sollte: **JESUS**.

FORTSETZUNG FOLGT!

# EINE NEUENTDECKUNG

**JOSCHIJA** wurde zum König von Juda gekrönt, als er **8** Jahre alt war –

viel zu **JUNG**, um einen Beruf auszuüben, geschweige denn ein ganzes Land zu

regieren. Doch Joschija liebte Gott und wollte ihm seine Ehre erweisen. Und als er

sechsundzwanzig war, bekam er die **GELEGENHEIT** dazu.

Aus dem Tempel, den Salomo erbaut hatte, war im Laufe der

Zeit eine richtige **BRUCHBUDE** geworden. Deshalb schickte Joschija seinen

Beamten **SCHAFAN** zu **HILKIJA**, dem Hohepriester. Schafan riet Hilkija, das

**OPFER**geld zu verwenden, um Handwerker zu beauftragen –

Steinmetze, Zimmermänner und so weiter. Sie sollten reparieren,

was zu reparieren war. Und so wurden **VERROTTETE**

Hölzer ersetzt, **GEBROCHENE** Steine ausgetauscht.

Es gab **VIEL** zu tun! Und während überall gewerkelt

wurde, kam etwas zum Vorschein, das Hilkija in helle

**AUFREGUNG** versetzte. Nein, es war kein Gold,

NEUE BRETT

122

kein Edelstein und auch keine **SCHATZKARTE**.

Es war etwas viel WERTVOLLERES: Es war ein Buch.

Aber nicht irgendein Buch. Es war ein Gesetzbuch. Es enthielt

die Gesetze, die Mose von Gott erhalten hatte und die von

Generation zu Generation weitergegeben worden waren;

die Gesetze, an die Gottes Volk sich **HALTEN** sollte.

Hilkija las Schafan das Buch vor. Schafan LAS dem

König das Buch vor. Und als König Joschija die

Worte hörte, **ZERRISS** er seine Kleider – was die Leute

**TOTAL EMPÖRT!**

damals taten, wenn sie sehr AUFGEBRACHT waren. Aber

warum war er so aufgebracht? Weil das Buch klar und deutlich

sagte, dass großes >UNHEIL< über Gottes (Volk)

hereinbrechen würde, wenn die Menschen Gott nicht ehrten und einander nicht gut

behandelten. Und das Volk hatte sich – hauptsächlich

**SO VIELE BÖSE KÖNIGE!**

aufgrund einer Reihe böser Könige – sehr lange nicht an

Gottes Gesetze gehalten. Zum Glück wohnte in der Stadt eine PROPHETIN

namens HULDA . Schafan, Hilkija und ein paar andere Beamte gingen zu ihr

und erzählten ihr von dem Buch und der Reaktion des **KÖNIGS**. Hulda antwortete:

„Weil das Volk die Gesetze Gottes missachtet und andere Götter ANGEBETET hat,

wird das Unheil, von dem im Buch die Rede ist, über das Land herein brechen. Aber

sobald Joschija **GEWEINT** und bereut und sich Gott **GEBEUGT** hat,

wird er ein langes und friedliches Leben haben und das kommende Unheil nicht

mehr erleben." Als Joschija Huldas Worte hörte, war er DANKBAR.

Dann ließ er seinen reuevollen (Worten) Taten folgen. Als Erstes

rief er das Volk zusammen und las ihm das Buch vor. Dann schickte er

seine Männer los, um alle Stätten niederreißen zu lassen, an denen Baal

oder **ANDERE** Götter verehrt worden waren.

SCHLUSS MIT FALSCHEN GÖTTERN!

Die gottlosen ALTÄRE wurden verbrannt und

die **FALSCHEN** Priester gleich mit!

Dann, zum ersten Mal nach sehr langer Zeit,

forderte Joschija sein Volk auf, das Pessachfest zu **FEIERN**. Nachdem das

Volk die falschen Götter losgeworden war, erinnerte es sich an das, was der

**WAHRE** Gott getan hatte – wie er ihre Vorfahren aus der Sklaverei in Ägypten

befreit und durch die Wüste an einen Ort geführt hatte, den sie **HEIMAT**

nennen konnten. Und so wurde Joschija in den folgenden Büchern als

**GUTER KÖNIG** gelistet – ein König, der Gott auf dem rechten Weg folgte.

# DIE RETTUNG DES PROPHETEN

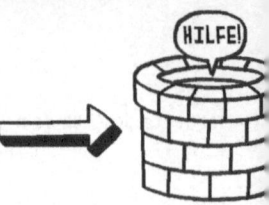

Als Joschija König von Juda war – aber noch bevor die Arbeiter das Gesetzbuch gefunden hatten –, wurde **JEREMIA** von Gott zum Propheten berufen. „Ich kannte dich sogar schon, bevor du im Bauch deiner Mutter warst", sagte Gott zu ihm.

„Und noch vor deiner Geburt habe ich dich zu meinem Propheten ernannt, zu meinem **SPRECHER!**" Jeremia war vermutlich erst , als er diese **WORTE** hörte.

Er sagte zu Gott: „Ich bin doch noch so jung! Ich werde nicht wissen, was ich sagen soll!" Diese **AUSREDE** hatte Gott schon einmal gehört. Von einem alten Mann vor einem brennenden Busch.

**ERINNERST DU DICH AN SEINEN NAMEN?**

Er beruhigte Jeremia: „Dein Alter spielt keine Rolle. Du brauchst ihnen nur meine **WORTE** auszurichten. Aber die werden einigen Leuten nicht gefallen.

Hab keine Angst. Wenn sie dich **BEDROHEN,**

werde ich da sein, um dir zu helfen!" Dann **BERÜHRTE** Gott Jeremias Mund und

sagte: „Heute lege ich dir meine Worte in den Mund. Diese Worte werden über

das **SCHICKSAL** von VÖLKERN und KÖNIGREICHEN entscheiden. Sie werden

niederreißen und aufbauen. Sie werden ausrotten und einpflanzen." Und so war es.

Joschija hatte zwar mit allerlei Verbesserungen dazu beigetragen, dass sich das Volk Gott

wieder zuwandte – doch das war nur von kurzer Dauer. Die Könige, die nach Joschijas Tod

kamen, **IGNORIERTEN** seine Reformen, und

ICH BIN
WIEDER
DA!

die Menschen fingen wieder an, Standbilder anzubeten, sich gegenseitig

schlecht zu **BEHANDELN** und den Armen das Leben schwer

zu machen. Deshalb ließ Gott zu, dass NEBUKADNEZZAR,

der König von Babel, Jerusalem belagerte. Und Gott befahl

Jeremia, dem Volk auszurichten, dass er es dieses Mal

nicht retten würde. Es sollte sich den Babyloniern ergeben. Doch

König Zidkija glaubte, er könne den Babyloniern standhalten

Und es gab viele FALSCHE Propheten, die ihn freudig in

127

seiner Meinung bestärkten. Aber Jeremias Botschaft war klar: „Gott will, dass du

dich **ERGIBST**. Nur so kannst du deinem Volk großes Leid ersparen."

DASSELBE sagte er dem Volk: „Verlasst die Stadt. Ergebt euch den Babyloniern

und ihr **WERDET** überleben!" Das hörten die Beamten des Königs nicht gern.

„Jeremia macht den Leuten Angst und schwächt ihren Kampfgeist!", sagten sie. „Wir

kümmern uns um ihn, o. k.?" Der König war einverstanden, und so verhafteten die

Beamten Jeremia und warfen ihn in einen leeren Brunnen. Da lag er nun, eingesunken in

**ZIEMLICH MATSCHIG HIER UNTEN!**

den SCHLAMM. Ein Diener des Königs, der Äthiopier

EBED—MELECH, hatte gehört, was geschehen war,

und ging zu Zidkija. „Mein König", sagte er, „du musst etwas

unternehmen, sonst stirbt Jeremia da unten!" Vielleicht

wusste Zidkija **TIEF** in seinem Inneren, dass Jeremia wirklich

das Sprachrohr Gottes war. Denn er gab Ebed-Melech **30** Männer,

um den Propheten aus dem Brunnen zu ziehen. Ebed-Melech wusste, das war kein

Leichtes. Der Schlamm am Grund war **ZÄH** und **KLEBRIG**, und es würde viel **KRAFT** erfordern. Er sammelte ein paar

**ALTE** Kleider des Königs und band sie an ein Seil,

das er zu Jeremia hinunter ließ. „Leg die Kleider

um dich", rief er, „damit du nicht durch die Stricke **VERLETZT** wirst,

wenn wir dich hochziehen." Gottes Worte hatten sich also bewahrheitet:

„Man wird dich bedrohen. Hab keine Angst. Ich werde dir **HELFEN**."

Und als Jeremia nach seiner Rettung vor den König trat, hatte

seine Botschaft sich nicht geändert, sondern lautete weiterhin:

„ERGIB DICH!" Denn Gott hatte Jeremia die Worte in den Mund

gelegt, und der Prophet war fest entschlossen, sie wieder

und wieder auszusprechen. Leider hörte Zidkija noch

immer nicht auf ihn, und so wurde Jerusalem schließlich gewaltsam erobert,

genau wie Jeremia es vorhergesagt hatte. Der König musste zusammen mit

der Menge seines **GEFANGENEN** Volkes nach Babel ins **EXIL**.

# DIE FEUERPROBE

MEGA HEISS!

Nebukadnezzar, der König von Babel, war SCHLAU. Immer wenn er ein Land erobert

hatte, holte er die klügsten und besten jungen Männer zu sich an den Hof und

behandelte sie erstklassig. Er schickte sie zur Schule und setzte alles daran, aus

ihnen GUTE Babylonier zu machen. Der König

HOFFTE, dass sie sich auf diese Weise schnell

einlebten und die in ihrer früheren Heimat Zurückgebliebenen davon abhalten würden,

sich gegen ihn aufzulehnen. Und so kamen, als Nebukadnezzar Jerusalem zerstört und

das Königreich Juda unterworfen hatte, HANANJA, MISCHAËL, ASARJA und

DANIEL nach Babel. Hier erhielten sie die babylonischen Namen SCHADRACH,

MESCHACH, ABED-NEGO und BELTSCHAZZAR. Sie wurden an

der königlichen Schule ausgebildet und bekamen dasselbe Essen wie der König – und

MENÜ

genau an diesem Punkt wurde es HEIKEL.

Vielleicht hatte man ihnen das Fleisch von TIEREN

serviert, die das Volk Gottes nicht essen durfte, oder die

Nahrung war falschen Göttern **GEWEIHT** worden.

Jedenfalls waren die vier jungen Männer fest

entschlossen, ihrem Gott TREU zu bleiben, und

weigerten sich, das zu essen, was ihnen vorgesetzt wurde. Aschpenas, Diener

des Königs und zugleich ihr Lehrer, war darüber nicht gerade erfreut. „Wenn ihr

krank werdet", rief er, „wird der König mir die **SCHULD** dafür geben!" „Keine Sorge",

beruhigte ihn Daniel (ähm, Beltschazzar). „Wir essen einfach die (Speisen), die

GUT sind für uns. Die Jungs aus den anderen Ländern können ja die Kost des

Königs essen. Und nach **10** Tagen schauen wir, wem es am besten geht." Zehn

Tage vergingen, und natürlich blieben Daniel und seine Freunde **GESUND** und munter.

Von da an durften sie essen, was sie wollten. Und als sie ihre Ausbildung beendet

hatten, erhielten sie **HOME** Posten im Königreich. Eines Tages

befahl der König all seinen Beamten, sich vor einem

**GIGANTISCHEN** goldenen Standbild zu versammeln.

„Wenn die Musiker anfangen zu spielen", verkündete der Bote des

SIEHT LECKER AUS!

131

Königs, „muss jeder sich vor dem Standbild verneigen. JEDER Beamte, der das nicht tut, wird in einen  brennenden **OFEN** geworfen!" Aber Schadrach, Meschach und Abed-Nego konnten sich nicht vor einer Statue verneigen. In ihrer Heimat hatten sie gelernt, dass es nur **EINEN** Gott gab und er der Einzige war, den sie anbeten durften. Also blieben sie aufrecht stehen, als die Menge sich verneigte. Es dauerte nicht lange, bis ein paar Beamte, die **NEIDISCH** auf sie waren, dies dem König meldeten. Nebukadnezzar war wütend, gab ihnen aber noch eine Chance. Doch die Freunde weigerten sich abermals, sich vor dem Standbild zu verbeugen. „Wirf uns in den Ofen", sagten sie, „unser Gott wird uns retten. Und wenn nicht, sind wir wenigstens unserem Glauben TREU geblieben."

Der König schäumte vor Wut. Sein Plan, diese Israeliten zu guten Babyloniern zu machen, war offensichtlich gescheitert. „Heizt den Ofen richtig ein!",

BEUGT EUCH!

HALB SO WILD!

befahl Nebukadnezzar. Und so schürten seine Diener das Feuer, bis es **7**-mal so

heiß war wie zuvor. Der Ofen verströmte eine solche Hitze, dass die Soldaten, die

Schadrach, Meschach und Abed-Nego hineinwarfen, auf der Stelle VERBRANNTEN.

Mit den drei Freunden verhielt es sich allerdings anders. Nebukadnezzar erhob sich

 **NIX ANGEBRANNT!** und SPÄHTE ins Feuer.

„Sie sind unverletzt!", rief er. „Und da ist noch

jemand bei ihnen. Ein Vierter, der aussieht wie ein

**GÖTTERSOHN**!" Er rief ihnen zu: „Kommt raus!", und die Freunde traten aus

dem Feuer, ohne auch nur ein einziges VERSENGTES Haar oder den Geruch

von {RAUCH} an sich zu haben! „Euer Gott hat euch gerettet!", verkündete

der König. „Deshalb befehle ich, dass ◄ab heute► in meinem Reich keiner mehr ein

schlechtes Wort über den Gott von Schadrach, Meschach und Abed-Nego verlieren

darf. Denn er ist wahrhaftig ein **GROßER** Gott und

rettet die, die auf ihn vertrauen!"

# NEBUKADNEZZARS TRAUM

König Nebukadnezzar fand nachts keine Ruhe mehr. Er hatte immer wieder denselben

TRAUM, der ihm den Schlaf raubte. Deshalb rief er seine **MAGIER** und **WEISEN**

zusammen. „Sagt mir, was mein Traum bedeutet", befahl er. Da fragten sie natürlich

als Erstes: „O König, was hast du denn geträumt?" „Nein, nein", antwortete er.

„Dieses SPIEL mache ich nicht mit. Wenn ich euch meinen Traum erzähle,

könnt ihr euch irgendeine Bedeutung ausdenken. Sagt mir erst, was ich geträumt

habe, um mir zu beweisen, dass ihr euer Handwerk auch

WIRKLICH versteht. Und dann sagt mir, was der Traum

bedeutet. Und", fügte er hinzu, „wenn ihr das nicht könnt,

werde ich eure Häuser **ZERSTÖREN** und euch in Stücke reißen." „A-aber,

König!", riefen sie. „Was du verlangst, ist unmöglich! So etwas können nur die Götter.

KEIN MENSCH ist dazu in der Lage!" Also gab König Nebukadnezzar den

Befehl, jeden Magier und Weisen im Land in Stücke zu reißen.

Auch Daniel und seine  Freunde Schadrach,

Meschach und Abed-Nego waren weise Männer. Als der **OBERSTE** Leibwächter

zu ihnen kam, um auch sie zu töten, bat Daniel darum, den König sehen zu dürfen.

Ihm sagte er: „Gib mir ein wenig Zeit. Dann erzähle ich dir deinen Traum und

verrate dir seine Bedeutung." Der König willigte ein. Daniel ging zu seinen Freunden

und bat sie, für ihn zu beten. In derselben Nacht verriet Gott ihm den Traum des

Königs und erklärte ihm seine BEDEUTUNG. Als Daniel zum König kam, flehte er:

„Bitte töte die Weisen nicht. Ich kenne die Antwort. Oder besser gesagt:

Mein **GOTT** kennt die Antwort und hat sie mir gesagt."

WER HAT AUCH MAL
EINEM HERRSCHER BEI
DER TRAUMDEUTUNG
GEHOLFEN? TIPP: ER
LIEBTE SCHICKE MÄNTEL...

„Dann sprich!", antwortete der König, „Was habe ich geträumt?" Daniel begann: „Du hast

ein Standbild gesehen. **GROSS** und **GLÄNZEND** und **FURCHT EINFLÖSSEND!**

Sein Kopf war aus Gold. Arme und Brust waren aus Silber, Bauch und Hüften aus

Bronze. Die Beine waren aus Eisen, die Füße teils aus Eisen, teils aus Ton. Und dann hast du einen *riesigen* Stein erblickt, der nicht von Menschenhand gemacht war. Dieser Stein **KRACHTE** in die Statue und ZERMALMTE sie in winzig kleine Stücke, die vom Wind davongetragen wurden. Der Stein wuchs zu einem Berg an, der schließlich die ganze Erde bedeckte!"

Ein Blick ins Gesicht des Königs genügte, und Daniel wusste, dass das, was er sagte, RICHTIG war. Dann fing er an, den Traum zu deuten. „Der Kopf aus Gold steht für dein Königreich", erklärte Daniel. „Groß und MÄCHTIG. Ein weniger mächtiges Königreich wird deinem folgen. Daher sind Arme und Brust nur aus Silber. Der Bauch und die Hüften aus Bronze weisen auf das Königreich, das diesem folgt.

Danach kommt das Königreich aus Eisen, das alle davor ZERMALMEN wird. Schließlich folgt ein Königreich, das teils STARK und teils SCHWACH ist – das verkörpern die Füße aus

OH, OH!

WOHER WEISS ER DAS?

Eisen und Ton. Und zur Zeit dieses Königreichs wird Gott selbst ein Königreich

errichten, das jedes andere Reich zerstören und die gesamte Erde  UMFASSEN

wird. Das ist der Stein, der zu einem Berg anwächst." Als König Nebukadnezzar

Daniels Deutung hörte, fiel er vor ihm nieder. „Dein Gott ist wirklich ein GROSSER

Gott", rief er. „Ein Gott, der uns Geheimnisse **OFFENBAREN** kann!" Dann

überhäufte er Daniel mit **GESCHENKEN** und machte ihn zum Statthalter

der gesamten Provinz Babel! Auch Schadrach, Meschach und Abed-Nego wurden

befördert. Und damit übertrug man den **4** jungen Männern, die als Gefangene

nach Babel gekommen waren, die Verantwortung für diejenigen, die sie gefangen

genommen hatten – allein, weil sie ihrem Gott **TREU** gedient und auf seine

Macht vertraut hatten.

JETZT KOMMT EINE KRASSE STORY!

# FUTTER FÜR DIE LÖWEN

König Nebukadnezzars Traum wurde wahr, und zwar schneller, als er erwartet

hatte. Als sein Sohn **BELSCHAZZAR** regierte, wurde Babel von

den Persern und den Medern eingenommen und **DARIUS** wurde König. Daniels

Ruf als  Mann erreichte auch den neuen König, und Darius machte

Daniel zu einem der **3 EINFLUSSREICHSTEN** Beamten des Landes.

Daniel machte seinen Job gut. Und als das Vorhaben des Königs, Daniel über alle anderen

SCHAU, ER BETET SCHON WIEDER! Beamten zu setzen, die Runde machte,

wurden diese rasend vor **EIFERSUCHT**. „Wir müssen

ihn irgendwie zu Fall zu bringen", überlegten sie. Aber Daniel

war so EHRLICH und TREU, dass sie keinen Fehler an ihm

finden konnten. Schließlich beschlossen sie, Daniels Treue gegen ihn zu verwenden.

Sie wussten, dass Daniel **JEDEN** Tag zu seinem Gott betete, deshalb

machten sie dem König einen  Vorschlag, der ihm gefallen musste.

„O KÖNIG", sagten sie, „du bist so **GROßARTIG**, und

wir wollen, dass das alle in deinem Königreich zu würdigen wissen.

Deshalb sollst du ein Gesetz erlassen, das es verbietet,

innerhalb der nächsten **30** Tage einen anderen ANZUBETEN

als dich. Jeder, der dieses Gesetz bricht, soll in eine Grube voller **LÖWEN**

geworfen werden." Der König war einverstanden, und das Gesetz wurde

verabschiedet. Und natürlich: Daniel musste es brechen. Denn er blieb, genau wie

seine FEINDE es vorausgesagt hatten, seinem Gott **TREU**. So wurde er auf

der Stelle verhaftet und vor König Darius gebracht. Der König war bestürzt, aber er

konnte nichts tun, um seinen LIEBSTEN Beamten zu retten. „Die Regeln sind

klar", erklärten Daniels Feinde. „Du kannst kein Gesetz ändern, das du selbst erlassen

hast." Also wurde Daniel zu den Löwen gebracht.

Kurz bevor er in die Grube hinabgelassen wurde –

seinem sicheren Tod entgegen –, trat der König

zu ihm und sagte leise: „Möge der Gott, dem du

dienst, dich beschützen."

Dann **BEFAHL** er, Daniel in die Tiefe zu lassen und einen Stein über die Öffnung zu

**ÜBERLEBT ER DAS?** schieben, damit er nicht entkommen konnte.

Den Stein versah er mit seinem königlichen Siegel.

Darius kehrte in seinen Palast zurück. Er konnte nicht **ESSEN**.

Er konnte nicht **SCHLAFEN**. Daniel verbrachte die Nacht bei den

**HUNGRIGEN** Löwen! Sobald die **SONNE** aufgegangen war, eilte Darius zur

**Grube**. Eine Grube, die – da war er sich sicher – zu Daniels **GRAB** geworden war.

Voller Angst rief er: „Daniel! Daniel! Hat der Gott, dem du dienst, dich gerettet?" Und

aus der Grube empor erklang Daniels Stimme: „Ja, mein König! Er hat einen **ENGEL**

geschickt, der die **Mäuler** der Löwen verschlossen hat. Ich bin

unbeschadet, denn ich habe nicht gegen meinen Gott gesündigt.

Und ich hatte auch nicht die Absicht, dir zu **SCHADEN**, als ich

zu ihm und nicht zu dir gebetet habe." Erleichtert rief Darius

seine Männer, um Daniel aus der Tiefe heben zu lassen, und befahl

WUTSCHNAUBEND, Daniels Feinde an seiner Stelle in die Grube zu werfen.

Und er gab eine **ERKLÄRUNG** heraus, in der er Daniels Gott **PRIES**.

Daniel ging es gut unter König Darius und auch unter dem König, der diesem folgte.

Und alle lebten **GLÜCKLICH** bis an ihr Lebensende. Auch die Löwen, die sich über

ihr **SCHMACKHAFTES** Frühstück gefreut hatten!

# WIEDERAUFBAU EINER STADT

Siebzig Jahre. So lange lebte das Volk Gottes nun schon im EXIL, weit weg von dem

Land, das Gott ihm gegeben hatte. Die Babylonier, die es besiegt hatten, waren wiederum

von den Persern besiegt worden. Und **KYROS**, der damalige König Persiens,

erlaubte dem Volk Gottes schließlich, wieder in sein Land zurückzukehren.

Nach und nach zogen die Israeliten

in ihre Heimat. Doch ihre geliebte Stadt

**WAS FÜR EIN CHAOS!**

**JERUSALEM** lag in Trümmern. Sie gaben ihr Bestes, aber es war eine

schwere Aufgabe, alles wiederherzustellen. Den Tempel hatten sie zügig aufgebaut,

doch die Rekonstruktion der Stadt gestaltete sich weitaus schwieriger.

Die Stadtmauern waren EINGERISSEN, die Tore NIEDERGEBRANNT. Und

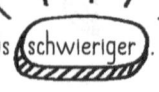

obwohl sie sich wirklich anstrengten, blieb es ein aussichtsloser Kampf.

Viele Jahre vergingen. Ein persischer König folgte auf den anderen.

Während **ARTAXERXES** regierte, erhielt sein Beamter **NEHEMIA**

142

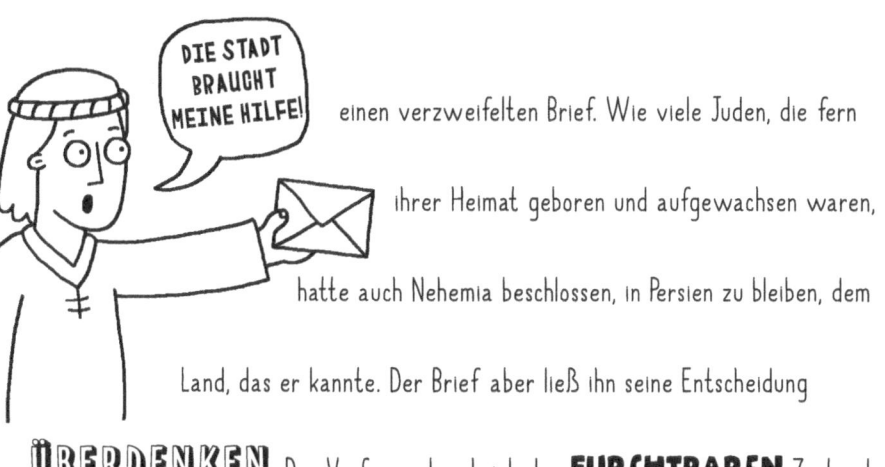

einen verzweifelten Brief. Wie viele Juden, die fern

ihrer Heimat geboren und aufgewachsen waren,

hatte auch Nehemia beschlossen, in Persien zu bleiben, dem

Land, das er kannte. Der Brief aber ließ ihn seine Entscheidung

**ÜBERDENKEN**. Der Verfasser beschrieb den **FURCHTBAREN** Zustand

Jerusalems und bat Nehemia um Hilfe. Nehemia betete zu Gott. Dann ging er zum

König. „Gestatte mir, in das Land meiner Väter zu gehen",

sagte er. „Sorge dafür, dass ich sicher nach Jerusalem reisen kann.

Und, bitte, mein König, gib mir **HOLZ** aus deinen Wäldern, mit dem ich

dort die Stadttore wieder aufbauen kann." König Artaxerxes gab Nehemia seinen

**SEGEN** für diese **MISSION** und schenkte ihm

reichlich Bauholz. Nehemia machte sich auf den Weg

und als er Jerusalem erreichte, umrundete er auf

seinem Pferd die zertrümmerten Stadtmauern, um sich

selbst ein Bild vom Ausmaß der **ZERSTÖRUNG**

zu machen. Es war schlimmer, als er befürchtet hatte. Nehemia teilte die Bevölkerung familienweise in Arbeitsgruppen auf und ließ als Erstes die **MAUERN** und **TORE** der Stadt wieder aufrichten. Das klappte gut. Es ging SCHNELL voran.

Doch es gab auch Menschen im Land, die nicht wollten, dass die Stadt wieder aufgebaut wurde – Widersacher, die wussten, dass eine von **STARKEN** Mauern umgebene Stadt es ihnen im Zweifel erschweren würde, das Volk Gottes zu besiegen. Deshalb (bedrohten) sie die Arbeiter und versuchten sogar, Nehemia zu töten. Doch die Israeliten ließen sich davon nicht aufhalten! Im Gegenteil. Es spornte sie an, noch härter

IHR KRIEGT UNS NICHT KLEIN!

zu ARBEITEN. Und besser. Um sich notfalls verteidigen zu können, arbeiteten sie Seite an Seite, in der einen Hand eine

**SCHAUFEL**, in der anderen ein **SCHWERT**! Sie strengten sich so sehr an, dass die komplette Arbeit in nur zweiundfünfzig Tagen erledigt

war! Und als sie fertig waren, lasen sie die Gesetze Gottes laut vor und lobten Gott für seine TREUE und UNTERSTÜTZUNG.

Das Volk Gottes war zurück. Zurück in seiner Heimat. Zurück in seinem

Tempel. Und es war fest entschlossen, das Volk zu sein, das Gott sich wünschte.

Hunderte von Jahren vergingen. Aber noch immer war nichts zu sehen von dem

BESONDEREN Kind aus der von Gott auserwählten Familie, das ein Segen sein

und den Kopf der Schlange ZERTRETEN sollte. Es musste noch MEHR kommen,

sehr viel MEHR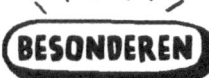

HIER GEHT'S
WEITER
MIT DEN
SAGEN-
HAFTEN
STORYS!

# NEUES TESTAMENT

# EIN UNGLAUBLICHES VERSPRECHEN

Einfach so. Aus dem Nichts. Da stand er: der Engel.

**MARIA** war zu Tode ERSCHROCKEN! Vielleicht,

weil sein plötzliches Erscheinen sie schockierte. Vielleicht, weil er kein „pausbäckiges

Baby mit Flügeln" war, sondern eine **HELL** strahlende, außerirdische Gestalt,

die vom Thron Gottes zu ihr hinabgeschickt

worden war. Vielleicht, weil er die Worte

sprach: „Hallo, Auserwählte! Gott ist bei dir." Maria war

eine einfache junge Frau aus der kleinen Stadt NAZARET

ÜBERRASCHUN[G]

in Galiläa. Nie hätte sie damit gerechnet, dass ihr einmal so

etwas passieren würde. Was meinte der Engel? Wovon

redete er? Maria war, gelinde gesagt, völlig aufgewühlt. Gabriel, der Engel, konnte

das gut verstehen. „Hab keine Angst!", beruhigte er sie. „Alles wird gut! Gott ist

äußerst **ZUFRIEDEN** mit dir und deshalb hat er **UNGLAUBLICHES**

mit dir vor. Folgendes wird geschehen: Du bekommst einen Sohn und gibst ihm den

Namen *JESUS*. Er wird großartig sein. Man wird

ihn den Sohn Gottes nennen. Gott wird ihn auf

Davids **THRON** setzen und ihm die Verantwortung

übertragen für alle Nachkommen Jakobs. Und sein Königreich wird

bestehen bis in alle Ewigkeit." Das war das VERSPRECHEN! Das Versprechen an

Eva, dass eins ihrer Kinder den Kopf der Schlange zertreten würde. Das Versprechen

an Abraham, dass Gott durch dessen Familie eines Tages die ganze Welt retten würde.

**ÄHM. NUR EINE FRAGE NOCH...** Dieses Versprechen wurde nun ENDLICH wahr.

Es klang fantastisch. Aber Maria hatte eine Frage. Eine rein praktische

Frage. Sie war verlobt mit einem Mann namens JOSEF, aber die Hochzeit

hatte noch nicht stattgefunden. Deshalb wunderte sie sich völlig

zu Recht: „Wie soll ich denn als Jungfrau einen Sohn bekommen?"

Was Gabriel ihr zur Antwort gab, ÜBERRASCHTE sie

sicher noch mehr: „Der Heilige Geist wird über dich kommen, mit all seiner KRAFT.

Deshalb wird auch dein Sohn HEILIG sein – der Sohn Gottes! Ich weiß, das klingt **UNGLAUBLICH**, aber auch deine Cousine Elisabet bekommt ein Kind.

Sie ist sogar schon im **6.** Monat schwanger. Und wie du weißt, ist sie fürs

Kinderkriegen eigentlich längst zu alt. Aber Gott schafft **ALLES**. Selbst das,

was die meisten Menschen für unmöglich halten."

„Dann soll Gott das **,UNMÖGLICHE'** schaffen", antwortete Maria. „Ich werde seine Dienerin sein und tun, was er verlangt." Darauf verschwand der

Engel so PLÖTZLICH, wie er gekommen war.

# EINE WEITE REISE

BETLEH

**ZACK!** Einfach so. Aus dem Nichts. Das war das Letzte, was Josef hören wollte. Maria, die er **VERSPROCHEN** hatte zu heiraten, erwartete ein Kind. Und es war vollkommen unmöglich, dass es **SEIN** Kind war. Was sollte er tun?

Sie hatte offensichtlich ihr Versprechen, die Verlobung, GEBROCHEN. Und was noch schlimmer war: Sie hatte sein Herz gebrochen. Er hätte sie bloßstellen und eine große Sache daraus machen können. Aber Josef war ein **GUTER** und **GÜTIGER** Mann. Deshalb beschloss er, die Verlobung im Stillen zu lösen. Doch noch bevor er seinen **PLAN** in die Tat umsetzen konnte, bekam er – **ZACK!** – Besuch von einem Engel, genau wie Maria. Der Engel erschien ihm in der Nacht, im Traum. „JOSEF!", sagte er. „Hab keine Angst. Heirate Maria! Sie war dir nicht untreu. Das Kind, das sie erwartet, ist vom **HEILIGEN GEIST**.

Sie bekommt einen Sohn. Und Gott möchte, dass ihr ihn Jesus nennt, denn er wird – wie sein Name sagt – sein Volk von allen Sünden **ERLÖSEN**!"

Erinnerst du dich an den Propheten Jesaja? Gott hatte ihm angekündigt, dass dies eines

Tages geschehen würde. JAHRHUNDERTE bevor Maria und Josef geboren wurden,

hatte Jesaja geschrieben: „Ihr werdet staunen! Die Jungfrau wird ein Kind

erwarten. Sie wird einen Sohn **GEBÄREN**." Als Josef

aufwachte, tat er genau das, was der Engel ihm

gesagt hatte: Er heiratete Maria. Doch dann kam –

ZACK! – die nächste Überraschung!

Der römische Herrscher Augustus wollte herausfinden, wie viele Menschen in

seinem riesigen Reich lebten. Deshalb befahl er allen Menschen, in ihre Heimatstadt

**ZURÜCKZUKEHREN**, um sich dort zählen zu lassen.

Josef stammte aus **BETLEHEM**, der Stadt, in der König David

JA, ALLE!

einst gelebt hatte. David war sogar einer von

Josefs VORFAHREN.

ERINNERST DU DICH
AN DIE GESCHICHTEN
ÜBER KÖNIG DAVID
IM ALTEN TESTAMENT?

Josef und Maria machten sich also auf den **WEG** in den Süden, um sich **ZÄHLEN**

zu lassen. Es waren ungefähr **150** Kilometer. Und auch wenn bei eurem

Krippenspiel in der Schule vielleicht ein Esel dabei sein mag – sie waren ziemlich

ICH BIN
EIN SCHAU-
SPIELER!

sicher zu Fuß unterwegs (sorry, kleiner Esel). Die Reise

war bestimmt sehr anstrengend. Und als sie endlich in Betlehem

ankamen, brauchten sie eine **BLEIBE** – genau wie alle anderen

SORRY
FÜR DEN
GESTANK!

Verwandten Josefs vor ihnen. Und so waren

die **SCHÖNEN** Gästezimmer in den oberen Etagen

leider schon vergeben. Deshalb mussten Maria und Josef unten im Stall bei den

übernachten. Und genau dort, auf dem Stroh zwischen den Tieren, bekam

Maria ihr Kind – **JESUS**! Sie wickelte ihn in Windeln und legte ihn in eine

# FUTTERKRIPPE.

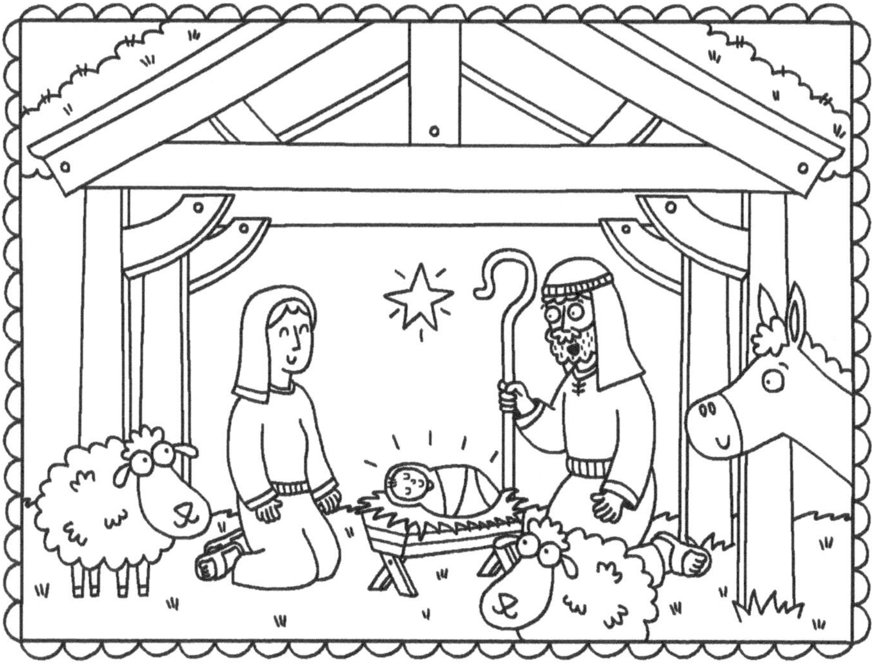

# HIMMLISCHE HEERSCHAREN

**MÄÄÄH!**

Ganz in der Nähe, auf den Hügeln vor Betlehem, WACHTEN

ein paar Schäfer über ihre Herden. Die Nacht war ruhig.

Die Sterne funkelten. Kein Geräusch war zu hören,

abgesehen von einem

gelegentlichen **MÄÄÄÄH**. Und dann – **ZACK!** –

erschien wieder der Engel. Und das Licht, das ihn

umgab, umhüllte auch die Hirten. Es wurde plötzlich

TAGHELL, und das jagte den Hirten einen gewaltigen

Schrecken ein. „Habt keine Angst!", sagte der Engel. Genau wie er

es zu Maria gesagt hatte. Genau wie er es zu Josef gesagt hatte. „Ich bringe euch

**IST DAS EIN TRAUM?**

GUTE Nachrichten! Und jeder wird sich darüber freuen.

Heute wurde in Betlehem, der Stadt Davids, euer Retter geboren.

Ja, genau. Der **MESSIAS**, der, den

Gott euch versprochen hat. Der, auf den ihr

**GEWARTET** habt, **JAHR** für **JAHR**. Er ist da! Sucht nach einem BABY,

das in Windeln gewickelt in einem Stall in der Krippe liegt." Und als der Engel das

gesagt hatte – **ZACK!** –, war der Himmel plötzlich voller Engel!

Und wie ein CHOR aus einer anderen Welt ließen die himmlischen Heerscharen

ihre Lobgesänge erklingen: „Ehre sei Gott in der HÖHE und Frieden

den Menschen auf Erden!" Und dann verschwanden

die Engel – **ZACK!** – so plötzlich wieder, wie sie

gekommen waren.

Die Hirten zitterten immer noch und sagten zueinander: „Gott hat uns von diesem

**WUNDER** erzählt! Lasst uns nach Betlehem gehen und nachsehen!" Und

DA
IST ER!

sie machten sich auf den Weg, sie *EILTEN*,

sie *LIEFEN*, sie *RANNTEN* zu dem Ort, den der

Engel ihnen beschrieben hatte. Und da war Maria. Und

da war Josef. Und da war

ein BABY, das in einer Krippe

lag, genau so, wie der Engel es gesagt hatte. Und so erzählten

die Hirten Maria und Josef **ALLES**, was sie von den Engeln über das Baby

erfahren hatten: dass es der so lange schon von Gott versprochene Messias sei, der

endlich zu seinem Volk gekommen war. Maria bewahrte diese Worte in ihrem

Herzen wie einen SCHATZ und dachte noch **TAGE**,

**WOCHEN** und **JAHRE** staunend über sie nach.

Die Hirten zogen hinaus auf die Hügel und lobten

Gott – **JUBELND** und **SINGEND** wie die Engel.

# DIE STERNDEUTER

**BUMM! BUMM! BUMM!** Die Sterndeuter klopften an

die Tür des Palastes – es war der Palast von **HERODES**, dem König

der Juden. Und als ihnen geöffnet wurde, traten sie vor ihn und verkündeten ihm eine

Nachricht, die in seinen Ohren wie eine **EXPLOSION** klang. „Bitte sag uns,

 wo wir den neugeborenen König der Juden finden! Wir haben

gesehen, wie am Nachthimmel sein Stern  aufgegangen ist,

und sind gekommen, um ihm unsere Ehre zu erweisen." König Herodes wäre vor

**WUT** beinahe **EXPLODIERT**. Er war

**EIN ZORNIGER KÖNIG!**

der König der Juden und hatte bereits alle ermordet,

die ihm den Thron streitig machen wollten, sogar seine eigenen

Familienmitglieder! Das konnten die Sterndeuter aber nicht

ahnen. Sie selbst waren keine Juden. Sie kamen aus einem fernen Land, östlich von

**JERUSALEM.** Denn Gottes Wunsch war schließlich, dass die Menschen (überall) von

Jesus erfuhren, damit die ganze **WELT** gesegnet würde – so wie er es immer

versprochen hatte. Herodes schickte die Sterndeuter weg und rief sofort alle **PRIESTER, SCHRIFTGELEHRTEN** und **WEISEN** zusammen, die er finden konnte. Er stellte ihnen nur eine einzige Frage: „Wo soll den heiligen Schriften nach der von Gott versprochene Messias zur Welt kommen?" „In Betlehem in Judäa", antworteten sie. „Der Prophet Micha sagt, auch wenn es nur eine **KLEINE** Stadt ist – aus ihr wird der Herrscher und Hirte kommen." Kaum war seine Frage beantwortet, da arrangierte Herodes ein geheimes Treffen mit den Sterndeutern. Er fragte, wann sie den Stern zum ersten Mal gesehen hätten. Mithilfe dieser Information konnte er sich dann ausrechnen, wie alt

SO EIN NETTER KÖNIG!

das Kind ungefähr sein musste. Daraufhin **VERRIET** er ihnen, was er von den Priestern über Betlehem erfahren hatte. „Sucht nach dem Kind", sagte er zu ihnen. „Und wenn ihr es gefunden habt, kommt zurück und sagt mir **GENAU**, wo es ist, damit ich ... ähm ... ihm auch meine Ehre erweisen kann!" Doch das war eine LÜGE. König Herodes wollte das Kind nur finden, um es TÖTEN

zu können. Das wussten die Sterndeuter aber nicht,

und so zogen sie los und folgten dem Stern nach Betlehem. Als

dieser schließlich über einem Haus verweilte, wussten sie, dass sie den richtigen Ort

gefunden hatten. Als die Sterndeuter eintraten, fielen sie vor Jesus auf die Knie und

beteten ihn an. Dann überreichten sie ihm wertvolle Geschenke: **GOLD**, MYRRHE

und **WEIHRAUCH** – Geschenke, die eines Königs würdig waren.

Aber gingen sie nach ihrem Besuch schnurstracks zu Herodes zurück und sagten

ihm, wo das Kind war? Nein, das taten

sie nicht! Denn nachts im TRAUM war

ihnen Gott erschienen und hatte den

Sterndeutern den **GRAUSAMEN** Plan

des Königs offenbart. Und so beschlossen sie am nächsten Morgen, den Palast zu

umgehen und auf einem anderen Weg nach Hause zurückzukehren.

FALLEN DIR NOCH ANDERE GESCHICHTEN EIN, IN DENEN GOTT IN EINEM TRAUM ZU JEMANDEM GESPROCHEN HAT?

NOCH MEHR STORYS? HIER LANG!

# JOHANNES DER TÄUFER

Die Geschichte von Johannes dem Täufer ist **SENSATIONELL**. Du erinnerst

*ICH BIN'S!* dich, dass der Engel Maria erzählt hat, dass ihre Cousine

Elisabet ein Kind bekommen würde, oder? Sie war schon ziemlich

alt, **RICHTIG**? Eigentlich zu alt fürs Kinderkriegen. Das Baby,

das sie dann aber bekam, war **JOHANNES**. Tatsächlich hatte *LECKER!*

der Engel Gabriel auch Elisabets Mann **ZACHARIAS** besucht und

ihm erzählt, sein zukünftiger Sohn Johannes wäre derjenige,

der Jesus den Weg bereiten sollte – indem er das Volk auf diesen

**BESONDEREN** von Gott geschickten Menschen einstimmte. Und als

Johannes erwachsen war, tat er genau das. Er lebte in der Wildnis,

nahe dem Fluss Jordan. Er trug Kleider aus Kamelhaar und ernährte sich

von **HONIG** und **HEUSCHRECKEN!** Sensationell! Und die Menschen hörten ihm zu,

wenn er sprach. „Seid bereit!", rief er. „Das Reich Gottes ist nah. Ihr müsst euch

taufen lassen und Gott sagen, dass ihr eure Fehler bereut. Und noch **WICHTIGER** als das: Ihr müsst euer **LEBEN** ändern und es so führen, wie Gott es immer gewollt

hat." „Wie denn?", fragten die Menschen. „Wenn ihr mehr Kleider habt, als ihr

braucht", antwortete Johannes, „oder mehr Nahrung, als ICH HAB ECHT VIELE HEMDEN!

ihr essen könnt, dann **TEILT** sie mit demjenigen, der zu wenig hat."

„Und was sollen wir tun?", fragten ein paar Zöllner, die die Steuern

eintrieben und sich dabei gern selbst bereicherten. „Zwingt niemanden, mehr zu zahlen,

als er wirklich schuldet", sagte Johannes. „Und wir?", fragten einige Soldaten. „Seid

zufrieden, mit dem, was man euch bezahlt", sagte Johannes. **BESCHULDIGT**

niemanden zu Unrecht, um ihn so ERPRESSBAR zu WIE GEMEIN!

machen." An die Religionsoberhäupter, die zu ihm

kamen – Männer, die glaubten, längst schon so zu leben, wie sie es sollten –

richtete Johannes sogar noch härtere Worte: „Ihr seid

**SCHLANGEN**! Ihr glaubt, nur weil ihr zu Abrahams Familie gehört, braucht ihr

euer Leben nicht zu  FALSCH! Selbst aus diesen Steinen da könnte Gott

Kinder Abrahams machen. Nein, auch ihr müsst euch ändern!" **SENSATIONELL!**

Manche glaubten, Johannes selbst wäre der Messias, aber der stellte die Sache schnell

klar: „Nein", erklärte er. „Ich bin der, dessen Kommen der **PROPHET** Jesaja

angekündigt hat. Die Stimme in der Wildnis, die ruft: ‚Macht euch bereit.' Ich bin es

nicht wert, dem, der da kommen wird, auch nur die Sandalen zu

öffnen. Ich kann euch nur mit Wasser TAUFEN, er aber wird

euch mit dem Heiligen Geist und mit Feuer taufen." Eines Tages kam Jesus dann.

Johannes wusste **SOFORT**, dass er es war – der von Gott Versprochene!

„Kannst du mich taufen?", fragte Jesus. „Ich dich taufen?", rief Johannes ungläubig.

BLUBB!

„Du solltest eher mich taufen!" „Nein", entgegnete Jesus. „So ist es richtig. So will es

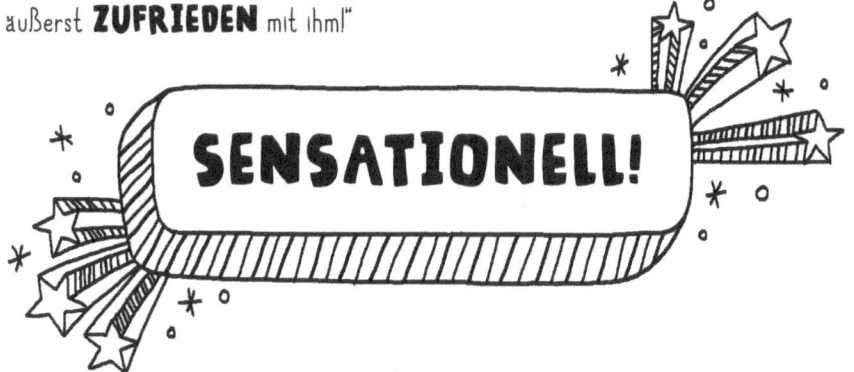

Gott." Also wurde JESUS von Johannes getauft, und als Jesus

aus dem Wasser stieg, öffnete sich der Himmel und der Geist

Gottes ließ sich wie eine **TAUBE** auf ihm nieder. Dann erklang eine

Stimme vom Himmel. Eine Stimme, die sagte: „Das ist mein geliebter Sohn. Ich bin

äußerst **ZUFRIEDEN** mit ihm!"

**SENSATIONELL!**

 # TEUFLISCHE PLÄNE

Jesus hatte Hunger. Nein, nicht die Art von Hunger, die man verspürt, wenn man

(Lust auf einen Snack) hat oder sich aufs Abendessen freut, weil man das

Mittagessen **VERPASST** hat. Nein, Jesus hatte **HUNGER**, weil er

 Tage und  Nächte lang NICHTS gegessen hatte.

Er war völlig ausgehungert. Sein Magen knurrte wie ein wildes Tier, er hatte ein

riesiges Loch im Bauch! Und warum? Weil der >GEIST< Gottes ihn zum *FASTEN*

in die Wüste geschickt hatte. Jesus sollte nichts essen, damit er sich voll und ganz

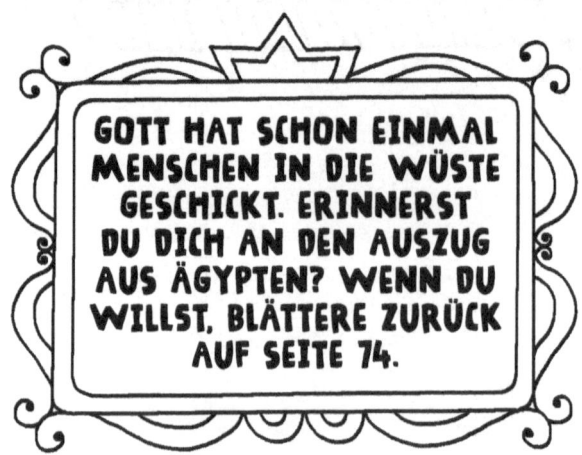

GOTT HAT SCHON EINMAL MENSCHEN IN DIE WÜSTE GESCHICKT. ERINNERST DU DICH AN DEN AUSZUG AUS ÄGYPTEN? WENN DU WILLST, BLÄTTERE ZURÜCK AUF SEITE 74.

darauf konzentrieren konnte, Gott **NAHE ZU SEIN**. Doch während Jesus dort

war, kam ihn jemand besuchen, und dieser JEMAND war **DEFINITIV** nicht Gott.

Nein, dieser Jemand war die altbekannte Schlange, die von Anfang an da gewesen war:

der **TEUFEL**. Er war in die Wüste gekommen, um Jesus zum Ungehorsam

gegenüber Gott zu verleiten und ihn wie Adam und Eva in

Versuchung zu führen. „Du bist also der Sohn Gottes",

säuselte der Teufel und deutete auf einen Steinhaufen. „Wenn das so ist, warum

**ICH HAB KOHL-DAMPF!** verwandelst du diese Steine dann nicht in Brot?"

Jesus sah den Teufel an. Er war am Verhungern. Und er war wirklich

**VERSUCHT**, es zu tun. Aber er wusste, er saß in der Wüste, um

Gott näherzukommen. Genau darum ging

es beim Fasten. Also antwortete er:

„In der **SCHRIFT** steht, dass der Mensch

mehr zum Leben braucht als **BROT** allein. Er braucht Gottes

Wort." „Du vertraust also auf das Wort Gottes, ja?", antwortete der Teufel und

nahm Jesus durch irgendeinen Trick mit zur höchsten Stelle des Tempels im fernen

Jerusalem. „Es steht geschrieben, dass Gott seine Engel schicken wird, um seinen

Auserwählten zu **RETTEN** und aufzufangen, bevor

sein Fuß die Erde berührt. Wenn du Gottes Sohn bist

und seinem Wort vertraust, dann SPRING!" Jesus blickte

hinunter in die Tiefe, während ihm der heiße **WIND** durchs

Haar fegte. „Es steht aber auch geschrieben", antwortete er,

„du sollst den Herrn, deinen Gott, nicht auf die Probe stellen."

„Ein Königreich!", entgegnete der Teufel, als die beiden plötzlich

auf einem **BERGGIPFEL** standen. Der Berg war so HOCH, dass Jesus

Macht und Reichtum aller Königreiche der Welt sehen konnte. „Du bist hier, um die

Ankunft von Gottes Königreich zu verkünden, oder? Ich geb dir ein Königreich!

JEDES, das du hier siehst – wenn du statt Gott mich anbetest." „Aber in der Schrift

steht", sagte Jesus, „dass wir nur ihn **ANBETEN** und nur ihm **DIENEN** sollen.

HARTE PROBE! Also geh weg, Satan, und lass mich in Ruhe!" Da

verschwand der Teufel. Jesus hatte den **3** Versuchungen

nicht nachgegeben. Und so kamen die ENGEL, um für den Auserwählten zu sorgen.

SO VIELE KÖNIGREICHE!

# EIN GUTER FANG

Jesus stand am See **GENNESARET** und ÜBERALL

am Seeufer drängten sich die Menschen, um ihn zu sehen. Und

was sah Jesus? **2** unbenutzte Fischerboote, denn die

**FISCHER** wuschen gerade am Ufer ihre Netze.

„Wie ich sehe, sind deine Boote frei", sagte er zu **SIMON**,

dem die Boote gehörten. „Kann ich mir eins davon kurz

ausleihen?" Simon war einverstanden, und zusammen stiegen

sie an Bord. Simon ruderte ihn ein **KLEINES** Stück hinaus

auf den See, und von seinem schwimmenden Podium

aus sprach Jesus zur Menge. Er erzählte den

Menschen von Gottes Reich und erklärte

ihnen, wie sie Gott **LIEBEN** und

wie sie einander **LIEBEN**

sollten, wenn sie ihr Leben

HOFFENTLICH WIRD ER NICHT SEEKRANK!

172

WIRKLICH Gott anvertrauen wollten. Als er seine Rede

beendet hatte, sagte Jesus zu Simon: „Lass uns in tieferes Gewässer

vorstoßen und versuchen, ein paar Fische zu fangen."

„Wir haben die ganze Nacht über gefischt", antwortete

Simon, „und keinen einzigen Fisch gefangen. Aber, klar,

wenn du meinst, probieren wir es!" Also fuhren sie

hinaus. Simon ließ sein Netz nach **UNTEN** sinken, und von irgendwoher aus der dunklen

**TIEFE** war ein **ZUCKEN** zu spüren, dann eine DREHBEWEGUNG und

schließlich ein **GEWALTIGER RUCK** –

beinahe wäre das Netz gerissen! Simon versuchte,

es heraufzuholen, aber es waren so viele Fische

darin, dass er es nicht schaffte. Deshalb rief er seine

beiden Fischer-Kollegen **JAKOBUS** und

**JOHANNES**, die Söhne des Zebedäus. Mit ihrer Hilfe gelang es ihm, das volle Netz

an Bord der Boote zu hieven – der Fang war so groß, dass die Boote zu sinken DROHTEN!

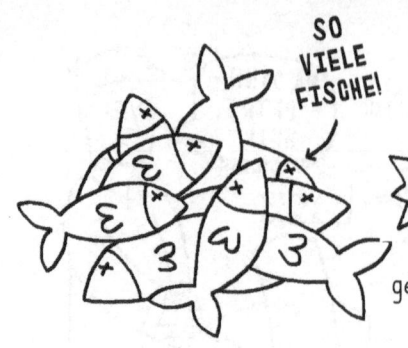

**SO VIELE FISCHE!**

Simon war vollkommen ÜBERRASCHT und ÜBERWÄLTIGT von dem, was er soeben gesehen hatte. Er fiel vor Jesus auf die Knie und rief:

„Geh schnell fort von mir, Herr! Ich habe viele Dinge falsch gemacht in meinem Leben und verdiene es nicht, in deiner Nähe zu sein!"

„Hab keine Angst", sagte Jesus zu ihm. „Ich hab eine NEUE Arbeit für dich. Du sollst nicht länger Fische fangen, Simon. Von jetzt an sollst du die Menschen zu uns ins Boot holen!" Und nachdem sie ans Ufer zurückgekehrt waren, ließen Simon, Jakobus und Johannes ALLES zurück – ihre Boote, ihre Netze und, ja, auch diesen GEWALTIGEN Fang – und FOLGTEN Jesus.

# DAS REICH GOTTES

Wie sieht das Reich Gottes aus? Wie ist es, wenn man Gott die Macht über das eigene Leben gibt? Jesus erläuterte das anhand einiger ÜBERRASCHENDER Beispiele. Viele davon sind im Matthäus-Evangelium (Kapitel  bis ) versammelt, in der sogenannten ( Bergpredigt ). Im Reich Gottes zu leben bedeutet danach zuallererst einmal, Gott nah zu sein. Jesus sagte, gerade wenn wir **ARM**, bedrückt oder traurig sind, **SANFTMÜTIG** oder verzweifelt, wird Gott uns segnen – weil wir dann **OFFEN** dafür sind, ihn an unserem Leben teilhaben zu lassen. Auch wenn wir uns dazu entschließen, in seinem Sinne zu handeln – wenn wir Barmherzigkeit zeigen, **REINEN** Herzens sind und versuchen, Frieden zu stiften –, wird er uns segnen , weil er dann bei uns ist und uns hilft. Selbst wenn andere versuchen, uns zu verletzen oder uns davon abzu HALT en, das Richtige zu tun – **GOTT** ist bei uns! In seinem Reich zu leben bedeutet auch, anderen ein Vorbild zu sein. Jesus sagt, wenn wir Gott in unser Leben lassen, dann sind wir wie das **SALZ**, das der Welt die richtige WÜRZE gibt.

Dann sind wir wie die Stadt auf dem Berg, die die Schönheit Gottes

weithin sichtbar macht. Dann sind wir wie eine **KERZE**, die Licht

in die Dunkelheit bringt. Im Reich Gottes zu leben bedeutet auch,

Gott unsere Herzen verändern zu lassen. Denn Verletzen, Beschimpfen

oder sogar Töten beginnt bereits vor der eigentlichen Tat. Nämlich dann,

wenn wir zulassen, dass sich in unseren Herzen Zorn und andere negative

Gefühle gegenüber unseren Mitmenschen ausbreiten. Das Gleiche

gilt für den **WUNSCH** nach etwas, das einem anderen gehört –

ÄHM!

ERINNERST du dich an König David und Batseba?

Im Reich Gottes zu leben bedeutet auch, nicht zurückzuschlagen,

wenn uns jemand **VERLETZT** hat. Und nicht nur unsere

Freunde zu lieben – denn das ist LEICHT –; nein, wir sollen auch

versuchen, unsere **FEINDE** zu lieben! Und wenn wir **GUTES** tun,

sollen wir damit nicht überall herumprahlen, damit alle sehen, wie gut wir sind.

Beten, **GELD** spenden an die Armen und Fasten sind eine Sache zwischen Gott

und uns. Niemand sonst muss das wissen. Bei Gott zu leben bedeutet auch,

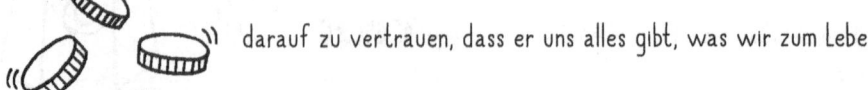 darauf zu vertrauen, dass er uns alles gibt, was wir zum Leben

brauchen. Er möchte nicht, dass unser Besitz das

**WICHTIGSTE** in unserem Leben ist. Besitz ist vergänglich. Was wir **HEUTE**

haben, kann **MORGEN** schon fort sein. Deshalb lohnt es sich nicht, dass

wir unser Leben darauf ausrichten. Gott möchte nicht, dass wir uns

**GEDANKEN** darüber machen, wie viel wir **HABEN**. Wir sollen darauf

vertrauen, dass er sich nicht nur als König, sondern auch wie ein Vater um uns

kümmert. Im Reich Gottes zu leben bedeutet auch, unsere Zeit nicht damit zu

verschwenden, andere zu verurteilen, wenn sie etwas FALSCH gemacht haben.

Wir sollen unser eigenes Verhalten im Blick haben. Und andere so behandeln, wie

wir selbst behandelt werden möchten. Es geht darum, aus den Worten derer, die zu uns

sprechen, die **WAHRHEIT** herauszuhören, und auch darum zu erkennen, dass es

Menschen gibt, die uns in die **FALSCHE** Richtung führen,

wenn wir sie lassen. Und schlussendlich geht es darum, das, was Jesus gesagt hat, in

die TAT umzusetzen. Denn nur dann haben wir ein **FELSENFESTES** Fundament

für unser Leben – wie ein Mann, der sein Haus auf einen Fels gebaut hat!

# VOLL BIS UNTERS DACH

Jesus war im Haus und lehrte.  „Liebt Gott von ganzem Herzen!", sagte er. „Und

liebt euren NÄCHSTEN wie euch selbst." Jesus war im Haus und heilte. Heilte

Menschen, die **KRANK**, **BLIND** oder TAUB waren. Und das Haus war voll,

PROPPEVOLL
DA DRIN!

brechend voll. Das Publikum trat sich auf die Zehen und konnte kaum noch atmen.

Sämtliche Pharisäer (strenge Verfechter der altjüdischen Religion) und Schriftgelehrten

aus Jerusalem und allen Städten **GALILÄAS** und JUDAS waren gekommen, um

ihm zuzuhören. Es waren unglaublich viele Pharisäer und Gelehrte! Nun lebten in dieser

Stadt ein paar Männer, deren Freund gelähmt war. Und als sie hörten, dass Jesus hier war, um Menschen zu **HEILEN**, hoben sie ihren Freund auf eine Trage und

brachten ihn zu dem Haus. Doch als sie dort ankamen, mussten sie **FESTSTELLEN**,

dass es voll war bis unters Dach. Voll mit Pharisäern und Schriftgelehrten.

Die Männer hatten nicht die geringste Chance,

sich mit ihrem gelähmten Freund durch die Tür

zu QUETSCHEN. Also entschieden sie sich

für Plan B. Sie trugen ihn aufs Dach des

Hauses – glücklicherweise war es ein Flachdach –

und fingen an, es teilweise ( abzudecken ). Und als das

VORSICHTIG
BITTE!

Loch groß genug war für die Trage, ließen sie ihren Freund hinab ins Innere des

Hauses. Und obwohl sich, so voll wie es war, eigentlich **KEINER** mehr auch nur

einen Zentimeter **BEWEGEN** konnte, schafften es die Menschen irgendwie,

ein Stück ZURÜCKZUTRETEN, um Platz zu machen für den MANN

auf der Trage, damit er ihnen nicht auf den Kopf F I E L . Als Jesus den Mann sah,

sprach er ihn an. Aber nicht so, wie es der Gelähmte oder dessen Freunde erwartet

hätten. „Lieber Mann", sagte er, „deine Sünden sind dir vergeben." Das war auch

nicht gerade das, was die Pharisäer und Schriftgelehrten **ERWARTET**

hätten. „Dieser Jesus! Was glaubt er, wer er ist?", dachten sie, „So etwas

**UNGEHEUERLICHES** zu sagen! Gott allein kann Sünden vergeben!" Jesus erriet

ihre Gedanken. „Was ist einfacher?", fragte er sie. „Einem gelähmten Mann seine

Sünden zu VERGEBEN oder ihm zu sagen, dass er aufstehen und gehen soll?

Um euch zu beweisen, dass Gott mir die Erlaubnis für das Erste gegeben hat,

tue ich nun das Zweite." Damit wandte sich Jesus an den Gelähmten. „Steh auf

und geh!", sagte er **SCHLICHT**. Und genau das tat der Mann. Er stand AUF.

Er nahm seine Trage. Und er ging mitten durch die Menschenmenge. Und jetzt war

das Haus nicht mehr nur BIS UNTERS DACH VOLL

mit Menschen, die sich gegenseitig auf die **ZEHEN** traten.

Nein, es war voll mit Menschen, die Gott lobten für das

unfassbare **WUNDER**, dessen Zeugen sie gerade

geworden waren. Aber Jesus hatte gerade erst angefangen.

Und es sollte noch mehr kommen, sehr viel MEHR ...

# EIN SCHLÄFCHEN ZUR UNZEIT

Die Sonne ging unter, der Tag neigte sich dem Ende. Da sagte Jesus zu seinen Jüngern:

„Kommt, wir setzen zum anderen Seeufer **ÜBER**!" Und so stiegen sie in ein Boot.

Im Wasser SPIEGELTE sich das rötliche Licht der Abendsonne, und sanft glitten sie

über die kleinen Wellen dahin. Alles war ruhig und friedlich – so friedlich, dass Jesus

im hinteren Teil des Bootes seinen Kopf auf ein KISSEN legte und einschlummerte.

Er sah nicht, wie sich dunkle Wolken vor die Sonne schoben. Er spürte nicht, wie der Wind auffrischte und die kleinen Wellen

zu hohen Wogen **AUFTÜRMTE**. Er

bemerkte nicht, wie die Wassermassen ins Boot schwappten und

es auf den GRUND des Sees zu **SINKEN** drohte. Aber die Jünger bemerkten es.

Um genau zu sein, sie gerieten in **PANIK**. Sie rüttelten Jesus wach und schrien:

„Herr! Wir werden sterben! Ist dir das egal?" Natürlich war Jesus das nicht egal.

Und weil er bereits ganz am Anfang bei seinem Vater

und dem Heiligen Geist gewesen war, als sie das

**WASSER** vom Land getrennt und der Welt mit

dem ersten Wind Leben

*EINGEHAUCHT*

hatten,

MACH NICHT SO 'NE WELLE!

MIR IST SCHLECHT!

wusste Jesus nun, was zu tun war. „**RUHIG!**", befahl er. „**STILL!**" Und da

legten sich Sturm und Wellen wie gescholtene Kinder. Alles war wieder friedlich.

„Warum hattet ihr Angst?", fragte Jesus seine Jünger. „**VERTRAUT** ihr mir

immer noch nicht – nach allem, was ihr gesehen habt?" Obwohl die Jünger keine

Angst mehr hatten zu ertrinken, jagten ihnen noch immer kalte Schauer über den

Rücken. „Wer ist er", flüsterten sie

einander zu, „dass selbst der **WIND** und die

**WELLEN** ihm gehorchen?" Und es sollte noch mehr kommen, sehr viel mehr ...

# DER SOHN DER STADT

Jesus war zu Besuch in NAZARET, seiner Heimatstadt. Dort, wo seiner

Mutter Maria der Engel Gabriel erschienen war. Dort, wo sein Vater Josef

als Zimmermann arbeitete. Dort, wo Jesus aufgewachsen war.

Und weil gerade SABBAT war, der Tag, an dem Juden

wie Jesus Gottesdienst feierten, ging er in die

SYNAGOGE, wie üblich. Das war seine Gewohnheit, sein Brauch, seine Tradition.

Und weil er aus dieser Stadt stammte und inzwischen Rabbi – ein Religionslehrer –

war, gab man ihm eine Schriftrolle und bat ihn, einen

Abschnitt aus dem Text eines Propheten vorzulesen, zufällig

war es Jesaja. Erinnerst du dich an ihn? Jesus nahm also die

Schriftrolle und begann zu lesen. Der Text lautete ungefähr so:

„Gott hat mir seinen GEIST gegeben, denn er hat mich auserwählt, ein paar ganz

BESONDERE Dinge zu tun: den Armen die Frohe BOTSCHAFT zu bringen,

den Sklaven die Freiheit, den Blinden das Augenlicht und Rettung für jeden,

188

der am 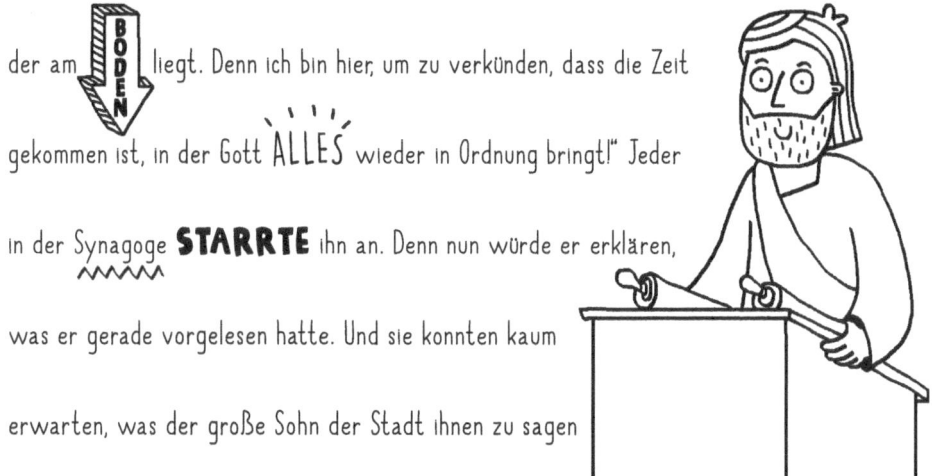 liegt. Denn ich bin hier, um zu verkünden, dass die Zeit

gekommen ist, in der Gott **ALLES** wieder in Ordnung bringt!" Jeder

in der Synagoge **STARRTE** ihn an. Denn nun würde er erklären,

was er gerade vorgelesen hatte. Und sie konnten kaum

erwarten, was der große Sohn der Stadt ihnen zu sagen

hatte. „Heute", sagte Jesus, „werden Jesajas Worte **WAHR**. Genau jetzt. Hier.

Unter euch!" Alle waren beeindruckt von seiner Rede. „Das ist Josefs Junge, Hanna",

**FLÜSTERTE** eine alte Frau ihrer Freundin zu. „Macht er das nicht toll?"

„Manche fragen sich vielleicht", sagte Jesus, „warum ich hier in meiner

Heimatstadt keine **WUNDER** vollbringe, so wie in **KAFARNAUM**.

Nun, Tatsache ist, dass Propheten in ihrer Heimatstadt meist nicht

willkommen sind. Nehmt zum Beispiel Elija: **3** Jahre und **6** Monate hatte es

in Israel nicht mehr geregnet, und es herrschte eine **GROßE** Hungersnot.

Ihr erinnert euch sicher an die Geschichte. Bestimmt gab es zu dieser Zeit viele

**HUNGRIGE** Witwen in Elijas Heimat. Doch Gott schickte ihn mit der

**NAHRUNG** zu einer Witwe in Sarepta – zu einer Fremden also, in eine fremde

Stadt. Und dann ist da noch Elischa: Sicherlich gab es in Israel, seinem Heimatland,

eine Menge Leute, die LEPRA hatten. Doch Gott half ihm

ausgerechnet dabei, einen Fremden zu heilen, Naaman aus Syrien."

Als Jesus das gesagt hatte, waren seine Zuhörer plötzlich nicht mehr so

angetan von seinen **WORTEN**. „Was soll das heißen,

Hanna?", wisperte die alte Frau ihrer Freundin zu. „Dass Gott diese

FREMDEN mehr mag als sein eigenes Volk? Das gefällt mir gar nicht!"

Und ebenso wenig gefiel das den anderen. ZORNIG packten sie Jesus und zerrten

ihn zu einem Steilhang vor der Stadt, um ihn von dort hinabzustoßen. Doch irgendwie

gelang ihm die FLUCHT, und so schnell er konnte, verließ

der Sohn der Stadt seine Heimat wieder.

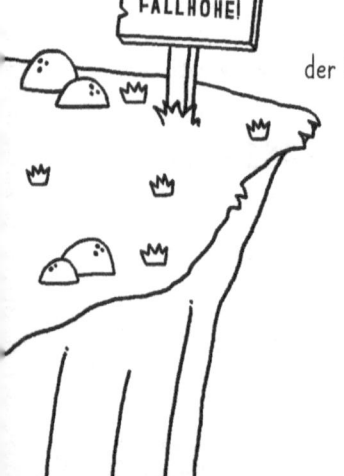

JETZT KOMMT
EINE KÖSTLICHE
GESCHICHTE!

# FÜNFTAUSEND HUNGRIGE BÄUCHE

Jesus fuhr über den See und stieg auf einen Berg. Die Menschen dort folgten ihm in **SCHAREN**, zu **TAUSENDEN**. Jesus heilte viele Kranke, um den Menschen zu verdeutlichen, wer er war. **JEDER** wollte, dass er mit seinen heilenden Händen kranke Verwandte und Freunde BERÜHRTE. Schließlich setzte Jesus sich hin. Als er den Hang hinabblickte, sah er die vielen Menschen – **ABERTAUSENDE** –, die zu ihm den Berg heraufstiegen.

Er wandte sich an **PHILIPP**, einen seiner Jünger, und sagte: „Diese Leute sind hungrig. Wo können wir genug Brot kaufen, um sie satt zu kriegen?" Jesus wusste, dass sie sich auf einem Berg befanden, mitten im NIRGENDWO.

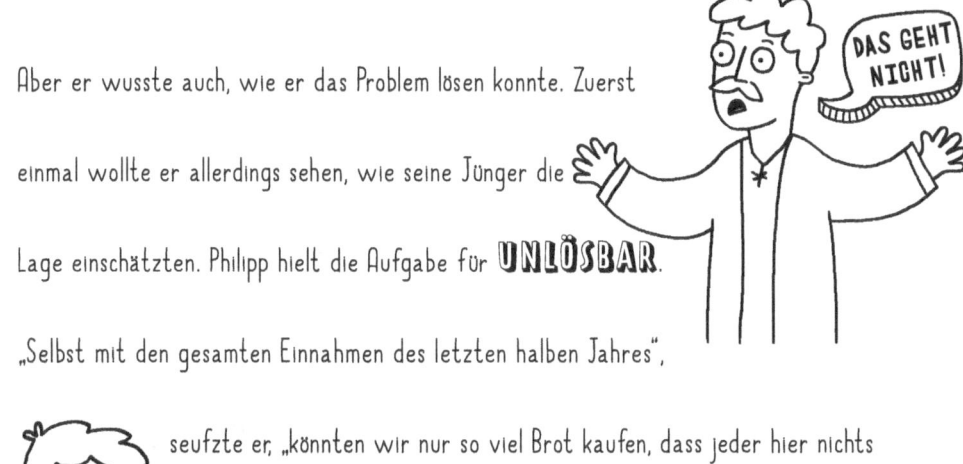

Aber er wusste auch, wie er das Problem lösen konnte. Zuerst einmal wollte er allerdings sehen, wie seine Jünger die Lage einschätzten. Philipp hielt die Aufgabe für **UNLÖSBAR**. „Selbst mit den gesamten Einnahmen des letzten halben Jahres",

seufzte er, „könnten wir nur so viel Brot kaufen, dass jeder hier nichts als einen winzigen Krümel abbekäme." ANDREAS dagegen gab zur Antwort: „Hier ist ein Junge mit **2** Fischen und **5** Brotlaiben. Ich weiß, das ist nicht annähernd genug für diese Menge ..." Aber hätte er den **JUNGEN** erwähnt, wenn er nicht

geglaubt hätte, Jesus würde mit dem Wenigen etwas anfangen können? Und so war

es auch. „Bittet alle, sich hinzusetzen",

sagte Jesus. Und die Menschen ließen

sich nieder – fünftausend saßen auf

ihrem **PO** im Gras! Dann nahm Jesus

die FISCHE und die **BROTE**,

dankte Gott und fing an, sie in Stücke zu teilen, die er den Jüngern gab. Und diese

**REICHTEN** sie in einem fort an die Menge weiter – ohne dass der Vorrat zur

Neige ging. JEDER aß so lange, bis die  Bäuche auf der

KEINE HUNGRIGEN BÄUCHE MEHR!

Bergwiese voll waren. Am Ende blieb sogar

noch etwas übrig! „Sammelt die **RESTE** ein", befahl

Jesus seinen Jüngern. „Wir wollen kein Krümelchen

verschwenden." Es wurden zwölf **KÖRBE** voll. Und ABERTAUSENDE von

Menschen waren Zeugen von etwas geworden, das sogar die Heilserwartungen

übertraf, derentwegen sie gekommen waren.  „Jesus ist der Prophet!", riefen sie.

„Der, den Gott uns versprochen hat!" Und sie hätten ihn an Ort und Stelle zu ihrem

**KÖNIG** ernannt, wenn Jesus sich nicht unbemerkt davongeschlichen hätte.

# GOTTES GRENZENLOSE GÜTE

Jesus heilte Menschen. Viele Menschen! Und er **LEHRTE** sie. Er war ja schließlich

ein **RABBI**, ein jüdischer Religionslehrer. Er lehrte sie alles

über das Reich Gottes. „Gottes Reich ist nah ...", sagte er zum

Beispiel. Oder: „Das Himmelreich ist wie ..." Und dann erklärte er. Seine

kürzeste Erklärung zum Reich Gottes war ein Gebet, das er seinen

Jüngern beibrachte und das „Vaterunser" genannt wird. „Dein Reich komme",

**BETETE** Jesus zu Gott. „Dein Wille geschehe, wie im Himmel so auf **ERDEN**."

Das Himmelreich ist also da, wo Gott bekommt, was er will!

Wo er tatsächlich bestimmen kann, was die Menschen für

halten, und auch, wie sie sich ihm und anderen gegenüber benehmen. „Du sollst Gott

von **GANZEM** Herzen lieben", sagte Jesus und: „**LIEBE** deinen Nächsten

wie dich selbst." Aber wie sollte Gottes Herrschaft genau aussehen? Wie war das,

wenn Gott bekam, was er wollte, auf der Erde wie im Himmel?

**WIE OFT?** Auch das erklärte Jesus. Häufig verwendete er dazu

besondere Geschichten, sogenannte GLEICHNISSE. Einmal zum

Beispiel kam **PETRUS**, einer seiner Jünger, zu Jesus und fragte:

„Wie oft soll ich jemandem vergeben, der mich verletzt hat?"

Er machte gleich selbst einen Vorschlag, der sich recht großzügig anhörte:

„**SIEBEN** Mal, vielleicht?" „Nein", antwortete Jesus. „Eher **SIEBZIG MAL**

**SIEBEN**!" Womit Jesus mehr oder weniger sagen wollte:

„So oft wie nötig." Vielleicht übertrieb er das ZAHLENSPIEL

aber auch, um deutlich zu machen, dass (Vergebung) nichts mit

AUFRECHNEN zu tun hat, sondern einen viel tieferen Sinn erfüllt. Jedenfalls sagte er

noch: „So wäre es im Himmelreich ..." Dann erzählte er Petrus eine GESCHICHTE.

„Es war einmal ein Mann, der seinem König Geld schuldete. Nicht ein bisschen Geld.

Nicht viel Geld. Sondern eine RIESIGE, GEWALTIGE, GIGANTISCHE

Summe Geld. Geld, das er nie und nimmer zurückzahlen

konnte. Deshalb befahl der König dem Mann, ihm seinen

**GESAMTEN** Besitz zu geben, und beschloss sogar, den Mann,

dessen Frau und dessen Kinder als SKLAVEN

**DU BIST FREI!**

zu verkaufen! Der Mann fiel auf die Knie und **FLEHTE** um Gnade.

Und was geschah? Der König hatte plötzlich solches Mitleid mit

dem Mann, dass er ihm seine Schulden **ERLIEß**. Jeden einzelnen Cent!

Dann schickte er den erstaunten Mann fort. Und der Mann lief einem anderen

Mann über den Weg. Einem Mann, der ihm Geld schuldete. Nicht eine

RIESIGE, GEWALTIGE, GIGANTISCHE Summe Geld. Auch nicht viel

Geld. Nur ein **BISSCHEN** Geld. Aber der erste Mann packte den zweiten Mann am

**WO IST MEINE KOHLE?**

Hals und schrie: „Gib mir, was du mir schuldest!" Der zweite Mann

flehte: „Bitte hab etwas Geduld! Ich zahl dir alles zurück,

versprochen." Aber davon wollte der erste Mann nichts

hören. Er ließ den zweiten Mann ins **GEFÄNGNIS**

werfen. Hier sollte er bleiben, bis er seine Schulden

beglichen hätte. Ein paar Männer, die Zeugen des

198

Vorfalls geworden waren, gingen daraufhin zum König und  erzählten ihm, was

geschehen war. Als der König das hörte, ließ er den ersten Mann holen. „Du

**AB IN DEN KNAST!**

**UNDANKBARER** Kerl", schrie er. „Du hast

mich um Gnade gebeten, und ich habe dir all deine

Schulden erlassen. Dann drehst du dich um und lässt selbst

keine GNADE walten gegenüber einem Mann, der dir ein bisschen Geld

schuldet. Du hättest deinen **KAMERADEN** ebenso begnadigen müssen wie ich dich!"

Mit diesen Worten ließ der König den Mann ins **GEFÄNGNIS** sperren, bis er

seine Schuld begleichen konnte. „Und genauso würde dich auch der himmlische Vater

behandeln", sagte Jesus zu Petrus, „solange du dem, der dich verletzt hat, nicht

**WIRKLICH** vergibst, ein für alle Mal und von ganzem Herzen."

# EIN UNERWARTETER HELFER

Ein **EXPERTE** auf dem Gebiet der jüdischen Gesetze – der Regeln, die Gott seinem Volk mitgegeben hatte – kam eines Tages mit einer Frage

**TESTEN WIR IHN MAL!**

zu Jesus. Er wollte ihn auf die **PROBE** stellen, um zu sehen, ob das, was Jesus lehrte, auch richtig war (zumindest nach seinem Dafürhalten!). „Was muss ich tun", fragte er, „damit ich für immer bei Gott **LEBEN** kann, auch nach meinem Tod?"

Wie oft in solchen Situationen stellte Jesus dem Mann eine **GEGENFRAGE**: „Was sagt das Gesetz? Wie würdest du diese Frage beantworten?" „Liebe Gott mit **ALLEM**, was du hast", antwortete der Mann. „Mit deinem **HERZEN**, deiner **SEELE**, deiner **KRAFT** und deinen **GEDANKEN**. Und liebe deinen Nächsten wie dich selbst." „Das hört sich gut an!", meinte Jesus. Damit hätte es der Experte bewenden lassen sollen, aber er wollte unbedingt zeigen, wie **SCHLAU** er war.

Deshalb stellte er eine weitere Frage: „Wer genau ist denn mein Nächster?" Da erzählte Jesus ihm eine Geschichte.

**GESCHICHTEN JESU**

„Ein Mann war unterwegs auf der Straße von Jerusalem nach JERICHO. Da

überfielen ihn RÄUBER. Sie schlugen ihn, stahlen ihm seine KLEIDER und

ließen ihn halb tot zurück. Bald darauf kam ein PRIESTER vorbei. Als er den

Verletzten sah, wechselte er die Straßenseite und ließ ihn einfach liegen. Kurze Zeit

später kam ein Tempeldiener. Als er den Verletzten bemerkte, wechselte auch er

die Straßenseite und ließ ihn liegen. Schließlich kam

ein SAMARITER des Wegs. Ja, einer der Todfeinde

unseres Volkes. Von ihm war keine Hilfe zu erwarten. Aber anders als die beiden ersten Männer hatte der Samariter

**OH NEIN! ER BRAUCHT MEINE HILFE!**

**MITLEID** mit dem armen, verletzten Fremden am Straßenrand.

**STETS ZU DIENSTEN!** Und so kniete er nieder und

versorgte dessen Wunden. Dann lud er ihn auf seinen

**ESEL** und brachte ihn zur nächsten Pension. Und bevor er

weiterzog, gab er dem Wirt **GELD**  im Wert von ein paar Tagelöhnen

und die Anweisung: „Kümmere dich um diesen Mann. Wenn das Geld nicht

reichen sollte, zahle ich dir den Rest auf meinem Rückweg." Dann schaute Jesus den

Experten an und stellte ihm die **FRAGE**: „Welcher dieser **3** erwies sich nun

dem verletzten Mann gegenüber als der **NÄCHSTE**?"

„Der, der Mitleid mit ihm hatte", antwortete der Experte. „Dann **GEH** und

handle genauso", sagte Jesus. Da hatte der Mann **KEINE** Fragen mehr.

**ER IST ECHT SCHLAU!**

NOCH MEHR
GESCHICHTEN!

# VERLOREN UND GEFUNDEN

QUIEK!

PHARISÄER waren streng in der Ausübung ihrer Religion. Sie gaben ihr

**BESTES**, um nach den jüdischen Gesetzen zu leben – den **REGELN**, die Mose

von Gott erhalten hatte. Deshalb taten sie viel Gutes. Sie waren stolz auf

ihre Lebensweise, und das machte sie manchmal hochnäsig. Dann blickten

sie auf diejenigen HERAB, die sich offensichtlich weniger MÜHE

gaben als sie. Deshalb ärgerte und verwirrte es sie, wenn sie sahen, dass Jesus

Zeit mit Leuten verbrachte, die bereits eine Menge Böses getan hatten. Darum erzählte

Jesus ihnen **3** Geschichten, die alle ungefähr dieselbe Bedeutung haben. Drei auf

einmal, damit sie die Kernaussage auf jeden Fall erfassten: dass es im Reich Gottes

darum geht, die Verlorenen wiederzufinden, und um **VERGEBUNG** und zweite

WO IST ES NUR? Chancen. Die erste Geschichte handelte von einem HIRTEN,

der **100** Schafe hatte. Eines von ihnen war

davongelaufen. Deshalb ließ er seine HIER DRÜBEN!

anderen neunundneunzig Schafe zurück und

machte sich auf die Suche nach dem **VERLORENEN**. Als er

es gefunden hatte, trug er es nach Hause. Dann gab er ein **FEST**,

um die Rückkehr des Schafes zu feiern. „Und so", sagte Jesus zu den

Pharisäern, „wird auch im Himmel größere FREUDE herrschen über

einen einzigen **SÜNDER**, der den falschen Weg verlässt und zu Gott

zurückkehrt, als über 99 Menschen, die nicht umkehren müssen."

In der zweiten Geschichte ging es um eine Frau, die eine ihrer

10 Münzen verloren hatte. Sie zündete die Lampe an,

nahm einen Besen und fegte unermüdlich ihr Haus auf der Suche nach der Münze – bis

sie sie schließlich gefunden hatte. Und wie der Hirte feierte auch sie ein **FEST**.

„Genauso feiern die Engel", sagte Jesus, „wenn auch nur ein Mensch sich ändert und

zu Gott zurückkehrt." Die dritte Geschichte handelte von einem Mann mit 2 Söhnen.

TSCHÜSS DANNI Der jüngere Sohn wollte **VERZWEIFELT** weg von zu

Hause. Deshalb bat er seinen Vater um das Geld, das er

**ERBEN** würde, wenn der alte Mann starb. Der Vater gab ihm

205

das (Geld), und der Sohn ging fort in ein weit entferntes Land. In null Komma nichts

hatte er das **GELD** verschleudert. Kaum war es weg, da brach eine Hungersnot

aus, und der jüngere Sohn hatte nichts zu essen.

FÜTTER MICH!

Die einzige Arbeit, die er finden konnte, war: SCHWEINE

hüten. Er war so **VERZWEIFELT**, dass er sogar das

Schweinefutter essen wollte! Das war der Moment, in dem er, wie Jesus es ausdrückte,

„in sich ging". Er erkannte, dass selbst die **KNECHTE** seines Vaters besser dran

waren als er. Deshalb beschloss er, nach Hause zurückzukehren, einzugestehen, dass er

falsch gehandelt hatte, und seinen Vater um Verzeihung zu bitten. Er war (überzeugt)

SIEHT SUPER AUS!

davon, dass er es nicht mehr wert war, „Sohn" genannt zu

werden, und hoffte, als Knecht bei seinem Vater arbeiten

zu dürfen. Doch als er in Sichtweite des

Hauses kam, *RANNTE* sein Vater ihm entgegen! Der

Vater **UMARMTE** und küsste seinen Sohn, und als

dieser ihn darum bat, sein Knecht sein zu dürfen, lehnte

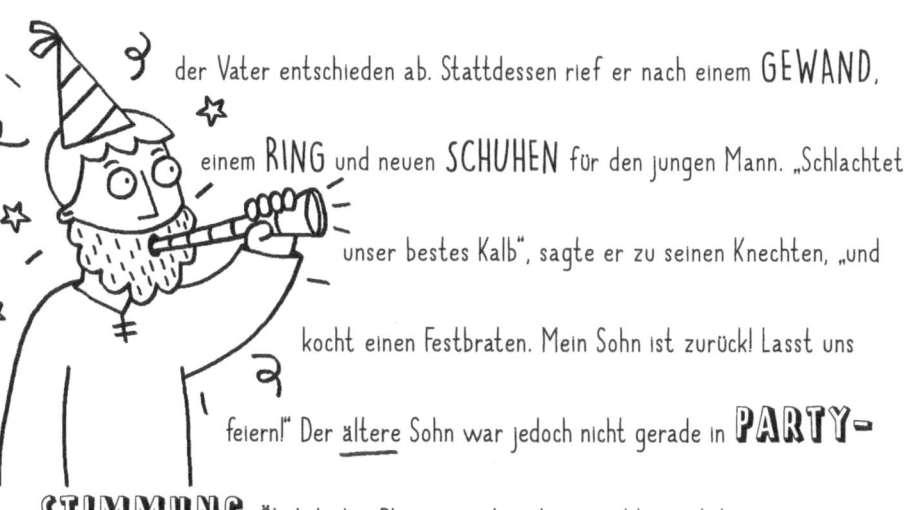

der Vater entschieden ab. Stattdessen rief er nach einem GEWAND,

einem RING und neuen SCHUHEN für den jungen Mann. „Schlachtet

unser bestes Kalb", sagte er zu seinen Knechten, „und

kocht einen Festbraten. Mein Sohn ist zurück! Lasst uns

feiern!" Der ältere Sohn war jedoch nicht gerade in PARTY-

STIMMUNG. Ähnlich den Pharisäern konnte er nicht verstehen, warum

sein Vater ein Fest für jemanden gab, der so viel FALSCH gemacht hatte. „Er ist

fortgegangen und hat dein Geld verprasst!", beschwerte er sich. „Ich dagegen bin

hiergeblieben und habe dir TREU gedient. Aber für mich hast du noch nie ein Fest

gegeben!" „Verstehst du denn nicht?", antwortete der Vater. „Die ganze Zeit über

hattest du mich und alles, was mir gehört. Dein Bruder aber war fort und ist

zurückgekommen. Er war so gut wie tot und ist doch

wieder am LEBEN. Er war verloren und ist

wiedergefunden worden. Das müssen wir doch

einfach feiern!"

UND NOCH EINE SPEKTAKULÄRE GESCHICHTE!

# WAS FÜR EIN EMPFANG!

Jesus war auf dem Weg nach **JERUSALEM**. Als er zum Ölberg kam, nahm er

zwei seiner Jünger beiseite und gab ihnen folgende ANWEISUNGEN: „Da

ist ein Dorf. Dort werdet ihr einen jungen Esel finden. Einen Esel, auf dem noch nie

**BINDET IHN LOS!**

jemand geritten ist. Bindet ihn los und bringt ihn mir."

Die Jünger sahen ihn **VERWIRRT** an.

Verständlicherweise. Einen Esel für Jesus „mitgehen" zu lassen

– das hörte sich einfach nicht richtig an. „Wenn der Besitzer

fragt, warum ihr den Esel LOSBINDET", fuhr Jesus fort,

„sagt ihm, der Herr braucht ihn." Also machten sich die beiden auf den Weg.

Sie fanden den **ESEL** und banden ihn mit flinken Fingern los. Da kam der Besitzer

und fragte, was sie da täten. Die Jünger entgegneten schlicht: „Der Herr braucht

**ALSO GUT!** ihn." Vielleicht war der Besitzer

UNGLAUBLICH entspannt, was seinen Esel anging. Vielleicht

führte er ja ein professionelles Esel-Verleihgeschäft, und der Esel war für sie **RESERVIERT** worden. Oder die Worte

waren ein Geheimcode, den Jesus mit dem Besitzer zuvor

**VEREINBART** hatte. Wie auch immer – die Jünger durften

den Esel mitnehmen und zu Jesus bringen. Dort warfen sie ihre MÄNTEL über

den Rücken des Esels und hoben Jesus darauf. Und so ritt Jesus nach Jerusalem HINAB

Einige der Jünger breiteten ihre Mäntel vor ihm aus. Manche Leute rissen

**PALMWEDEL** ab und **LEGTEN** sie ebenfalls auf die Straße. Und gemeinsam

RIEF die Menge: „Gepriesen sei der KÖNIG, der in Gottes Namen kommt!

LEIH-ESEL

AUF GEHT'S!

HOSANNA!

Friede im Himmel! Herrlichkeit in der Höhe! **HOSANNA**, rette uns, Sohn Davids!"

Es gab jedoch auch einige Pharisäer, die von diesem **„AUFMARSCH"** alles

andere als begeistert waren, hatte es doch den Anschein, als glaubten die Menschen,

Jesus wäre der von Gott **VERSPROCHENE** Retter, der Messias. „Sag deinen

Jüngern, sie sollen still sein!", sagten die Pharisäer

zu Jesus. „Still sein?", entgegnete Jesus. „Seid nicht

**ALBERN**! Selbst wenn meine Anhänger

verstummen, so werden die Steine, auf

denen sie stehen, ihr Lob herausschreien!"

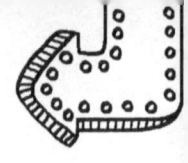

# DIE RÄUBERHÖHLE

Nachdem Jesus **UNTEN** in Jerusalem angekommen war,

ging er in den Tempel. Aber er war nicht gerade

**GLÜCKLICH** über das, was er dort sah. Zum einen

waren da die **GELDWECHSLER**. Ihre Arbeit

war ebenso einfach wie ertragreich. Und alles andere als anständig. Um die Tempelsteuer

bezahlen zu können, brauchten die Menschen spezielle MÜNZEN. Deshalb mussten sie

ihr Geld teilweise in diese **SPEZIELLE** Währung umtauschen. Und

daraus schlugen die Geldwechsler Kapital. Sie verlangten **EINE → WAHRE GOLDGRUBE!**

viel mehr für diese Münzen, als sie sollten.

Das machte Jesus **WÜTEND**. Genau

wie die Preise der TAUBENHÄNDLER. Arme Leute, insbesondere arme Frauen,

konnten sich kein größeres Tier leisten, um es im

**WIE VIEL?!**

Tempel zu opfern. Deshalb **KAUFTEN** sie Tauben.

Und genau wie die Geldwechsler nutzten die Taubenhändler

das zu ihrem **VORTEIL** aus und verlangten mehr, als sie sollten. Und was

tat Jesus? Er **STIEß** die Tische der Geldwechsler um, sodass ihre Münzen

**KLIRREND** über den Tempelhof rollten. Auch die Stühle der Taubenverkäufer

warf er um und rief: „Mein Haus ist ein Ort für

 GEBETE! So steht es in der

**SCHRIFT**. Ihr aber habt aus ihm

eine **RÄUBERHÖHLE** gemacht!" Und um

den Unterschied zu verdeutlichen, machte er aus dem Tempel wieder

 ein Gebetshaus. Er  HEILTE Menschen, die nicht

sehen, und Menschen, die nicht gehen konnten. Als ein paar Kinder das sahen,

fingen sie an zu rufen: „**HOSANNA**! Danke, dass du uns rettest, Sohn Davids!"

> JESUS WAR EIN NACHFAHRE DAVIDS, DER BEIM VOLK SEHR BELIEBT GEWESEN WAR. „SOHN DAVIDS" WAR ALSO EIN KOSENAME FÜR JESUS.

Wie die Pharisäer, die die Begeisterung der Menschen beim **EINZUG** Jesu skeptisch BEÄUGT hatten, waren auch die Hohepriester und Schriftgelehrten von solchen

**WAS SAGT ER DA?!**

Worten nicht gerade angetan. Denn es klang, als würden auch diese Kinder behaupten, Jesus wäre der von Gott **VERSPROCHENE** Retter, der Messias. „Hörst du, was sie sagen?",

BESCHWERTEN sich die Priester. „Natürlich", antwortete Jesus.

„Habt ihr denn unsere **SCHRIFT** nicht gelesen?

HIER STEHT'S DOCH!

214

„Selbst die Kinder und Babys werden Gott LOBEN!" Und damit ließ er sie stehen

und ging zu seinen Freunden.

JETZT KOMMT EIN TRAURIGES KAPITEL!

# EINE NACHT VOLLER ÜBERRASCHUNGEN

Jesus war in Jerusalem, um dort das Paschafest zu FEIERN – es ERINNERTE

daran, dass Gott in Ägypten (jeden) Israeliten verschont hatte, der sein Haus mit

dem Blut eines unschuldigen Lammes markiert hatte.

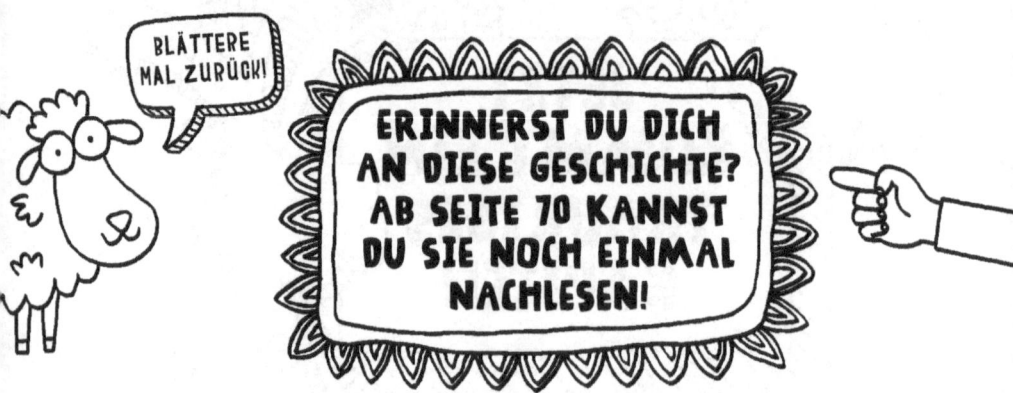

BLÄTTERE MAL ZURÜCK!

ERINNERST DU DICH AN DIESE GESCHICHTE? AB SEITE 70 KANNST DU SIE NOCH EINMAL NACHLESEN!

Jesus wusste, dass er bald sterben würde, genau wie dieses Lamm. Er wusste sogar,

dass sein Jünger **JUDAS** sich bereit erklärt hatte, ihn an seine Feinde zu

VERRATEN. Deshalb versammelte er seine Jünger um sich und suchte einen Ort für

eine letzte gemeinsame Mahlzeit. Und dann – ÜBERRASCHUNG! – tat er etwas,

womit keiner im Raum gerechnet hatte. Er zog seinen Mantel aus, band sich ein

Tuch um, füllte eine Schüssel mit Wasser und fing an, seinen

Jüngern die Füße zu waschen. **SIMON PETRUS** meldete sich wie so oft als

Erster zu Wort. „Du willst meine Füße waschen?" „Ja", antwortete Jesus. „Eines Tages

wirst du **VERSTEHEN**, warum." „Nein!", protestierte Petrus und schüttelte den Kopf.

„Niemals wirst du mir die Füße waschen!" Vielleicht **ROCHEN**

seine Füße an diesem Tag besonders streng. Aber wahrscheinlicher

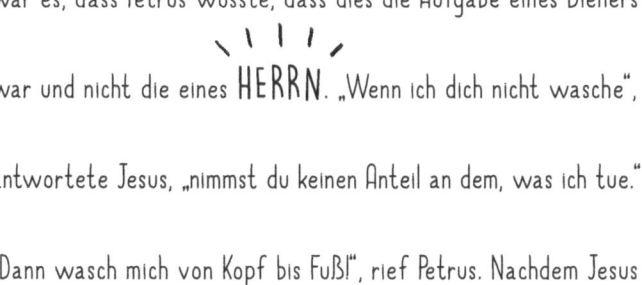

war es, dass Petrus wusste, dass dies die Aufgabe eines Dieners

war und nicht die eines **HERRN**. „Wenn ich dich nicht wasche",

antwortete Jesus, „nimmst du keinen Anteil an dem, was ich tue."

„Dann wasch mich von Kopf bis Fuß!", rief Petrus. Nachdem Jesus

alle Füße gewaschen hatte, **ALLE**, auch die des Mannes,

der ihn verraten würde, zog er seinen Mantel wieder an.

„**BEGREIFT** ihr, was ich gerade getan habe?", fragte er.

„Wenn ich als euer Herr euch die Füße waschen kann, dann könnt ihr euch

ganz sicher auch gegenseitig die Füße waschen. Denn ein Diener steht

nicht **HÖHER** als sein Herr. Merkt euch das. Aber noch wichtiger:

JUDAS

Haltet euch daran und dient einander!" Dann blickte Jesus sie traurig an. Er hielt noch

eine weitere **ÜBERRASCHUNG** für sie bereit. Aber keine schöne. „Einer von

euch wird mich verraten", seufzte er. Die Überraschung war ihm gelungen. Keiner der

Jünger wollte das **GLAUBEN**, und in den nächsten Minuten

plapperten alle aufgeregt durcheinander. „Wer? Wer ist

es?", wollten sie wissen. Da tunkte Jesus ein Stück Brot in die Soße.

„Der, dem ich das gebe", sagte er, „ist der Verräter." Und er reichte

das Brot **JUDAS** „Tu, was du tun musst", flüsterte er ihm zu. „Aber tu es bald."

Als Judas gegangen war, nahm Jesus noch ein Stück Brot. Denn er hatte noch eine

letzte Überraschung auf Lager. Er **DANKTE** Gott für das Brot und reichte es

daraufhin an seine Jünger weiter. „Esst das", sagte er, „es ist mein Leib." Als sie

218

gegessen hatten, **NAHM** er einen Kelch mit Wein und dankte Gott auch dafür.

„Trinkt das", sagte er zu ihnen. „Es ist mein BLUT. In der Vergangenheit

hat Gott einige Versprechen gegeben – an **ABRAHAM**, an **MOSE**,

an **DAVID**. Dies ist sein neues Versprechen, das Versprechen

der VERGEBUNG, die durch mein Blut möglich sein wird.

Und – hört mir gut zu: Ich werde nicht mehr aus diesem

Kelch trinken, bis ich im  Reich meines Vaters aufs **NEUE**

mit euch daraus trinken werde." Nachdem das Abendmahl beendet

war, SANGEN Jesus und seine Jünger ein Loblied,

dann **GINGEN** sie hinaus zum Ölberg.

Nur Jesus wusste, dass eine Nacht voller böser Überraschungen vor ihnen lag.

WAS KÖNNTE DIE
BÖSE ÜBERRASCHUNG
SEIN?

# EIN RABENSCHWARZER TAG

Die Nacht begann mit Gebeten in einem Garten, den man **GETSEMANI** nannte.

Jesus wusste, dass er sterben musste, weil seine Feinde ihn loswerden wollten. Und

weil es auch das war, was Gott wollte und die **PROPHETEN**

vorhergesagt hatten – dass der **MESSIAS** das Lamm war,

SO VIELE SÜNDEN!

das für die Sünden der Welt geopfert wurde.

Judas hatte den Feinden Jesu bereits gesagt,

wo er sich aufhielt. Bald würden sie kommen. In seiner

Angst betete Jesus: „Vater, lass diesen Kelch an mir vorübergehen,

dieses **LEID**, das ich ertragen soll. Aber nicht *mein* Wille, sondern *dein*

Wille geschehe." Dann ging es los. Ein furchtbares Ereignis folgte auf das andere.

Es begann mit einem **KUSS**. Judas küsste Jesus auf die Wange, sodass die

DAS IST ER!

Tempelwachen mit ihren Knüppeln und Schwertern

**GENAU** wussten, wen sie zu verhaften hatten.

Dann wurde Jesus vor den Hohepriester und die

anderen Religionsführer gezerrt. Falsche Zeugen erzählten **LÜGEN**

über ihn. Als Jesus schließlich bekannte, dass er tatsächlich der

versprochene Messias war, den Gott geschickt hatte, rasten sie vor

 **WUT** und verurteilten ihn zum **TOD**. Dann fingen sie an,

ihn zu verspotten. Sie machten sich über ihn lustig und spuckten ihm

ins Gesicht. Sie **VERBANDEN** ihm die Augen und zwangen

ihn dann zu sagen, wer ihn geschlagen habe. Schließlich

brachten sie ihn zu **PILATUS**, dem römischen Statthalter.

Dort wurde ihm der Prozess gemacht. „Dieser Mann behauptet,

er wäre ein König. Damit stellt er sich gegen CAESAR,

den römischen Kaiser!", sagten sie zu Pilatus. „Er muss sterben!"

Pilatus führte ein Verhör, konnte aber kein Unrecht erkennen, das Jesus

begangen hätte. Daraufhin stachelten die Hohepriester das Volk

an, bis die Menge rief: **KREUZIGE IHN!** Weil er einen

AUFSTAND verhindern wollte, gab Pilatus schließlich nach.

KREUZIGT JESUS!

„Ich bin UNSCHULDIG am Blut dieses Menschen",

behauptete er, während er sich die Hände wusch. Dann übergab er

Jesus den Soldaten, und das **UNHEIL** nahm seinen Lauf.

Die Soldaten behandelten Jesus wie einen **VERBRECHER**.

Sie peitschten ihn aus, bis sein Rücken blutete. Sie rissen ihm die

**KLEIDER** vom Leib und zogen ihm einen Purpurmantel an. Sie

drückten ihm eine DORNENKRONE auf den Kopf und gaben ihm

einen Stock als Zepter in die Hand. Sie verneigten sich spöttisch vor

ihm und machten sich über ihn lustig.

„Heil dir, König der Juden!", riefen sie.

Dann zogen sie Jesus den

Mantel wieder aus, **SCHLUGEN** ihn

mit dem Stock und führten ihn ab, um ihn zu kreuzigen.

Sie legten ihm **EIN HOLZKREUZ** auf den blutigen

Rücken und trieben ihn auf einen Hügel, genannt: die **SCHÄDELHÖHE**. Hier legten

sie Jesus auf das Kreuz und schlugen seine **HÄNDE** und **FÜßE** mit

Nägeln ans Holz. Sie richteten das Kreuz auf und stellten es zwischen

zwei andere Kreuze, die bereits dort standen. Seine Feinde **BESCHIMPFTEN**

Jesus wüst. Und der Dieb am Kreuz neben ihm forderte: „Wenn du wirklich der Messias

bist, dann rette dich und uns!" Doch der Dieb auf der anderen Seite widersprach:

„Nein. Wir beide sind zu **RECHT** hier. Aber dieser Mann hat nichts Unrechtes

getan." Dann bat er Jesus, ihn mit in sein Königreich zu nehmen. „Heute noch",

antwortete Jesus, „wirst du mit mir im **PARADIES** sein."

**WEINEN** und wehklagen: Das tat die Mutter von Jesus,

die bei ihm wartete und zusehen musste,

wie ihr Sohn **LITT**. Deshalb wies Jesus

seinen Jünger Johannes an, Maria nach Hause zu bringen. Und er

bat Gott um Vergebung für die Soldaten, die um seine Kleider würfelten. Plötzlich

verdunkelte sich der Himmel, und da geschah es: Der **VORHANG** zerriss!

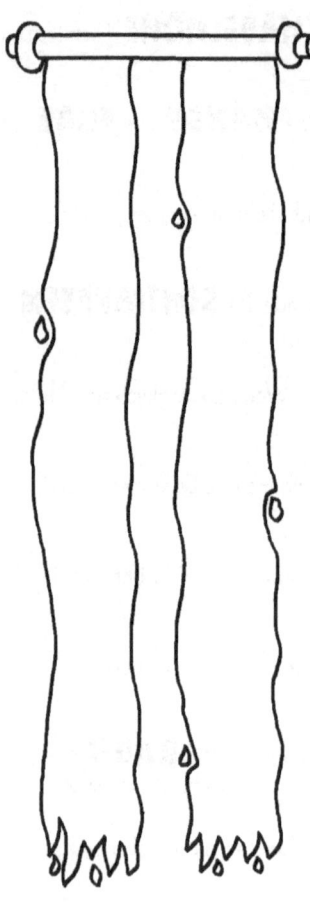

Der Vorhang im Tempel, der – als Zeichen der Trennung von Mensch und Gott – zwischen den Besuchern und dem Allerheiligsten (dem Raum mit der Bundeslade) hing, riss mitten entzwei!

Und währenddessen HAUCHTE Jesus seine letzten Worte aus: „In deine Hände, Vater, lege ich meinen Geist." Da sagte ein Zenturio – ein römischer Hauptmann: „Dieser Mann war ganz sicher UNSCHULDIG." Und da war es vorbei.

So, wie die Feinde Jesu es sich erhofft hatten. Aber

da irrten sie sich. Denn das Versprechen der Propheten und Gottes Wille hatten sich noch nicht erfüllt. Es sollte nämlich noch mehr kommen, sehr viel MEHR!

# DAS GRÖSSTE WUNDER ALLER ZEITEN

Es herrschte tiefe Dunkelheit. Die Dunkelheit vor dem Tagesanbruch. Und dunkel war

es auch im **HERZEN** der Frauen, die zur Grabstätte schlichen. Ihr Freund Jesus war

tot, und **TRAUER** umgab sie wie ein Schatten. Doch MARIA MAGDALENA, HANNA

und MARIA, die Mutter des Jakobus, hatten etwas zu erledigen. Sie wollten den

Leichnam ihres Freundes **EINBALSAMIEREN**, wie es

damals Brauch war. Es würde nicht leicht sein, noch einmal die Wunden zu sehen,

die man Jesus vor seinem Tod ZUGEFÜGT hatte. Aber die Frauen waren fest

entschlossen, ihm diesen letzten

Freundschaftsdienst zu

erweisen. Schweigend gingen sie

nebeneinander her, bis sie in

der Dämmerung das **GRAB** sahen – und erstarrten. Der riesige Stein, der das Grab

verschlossen hatte, war **WEGGEROLLT** worden! Vorsichtig gingen sie hinein.

Die Leiche war weg! Große Verwirrung machte sich breit. Wo war Jesus? Wer hatte ihn mitgenommen? Da erschienen  **2** Engel, WEIß und LEUCHTEND.

Die Frauen sanken zu Boden, sie hatten

furchtbare Angst. „Warum sucht ihr

hier nach eurem Freund?",

fragten die Engel. „Dies ist ein Ort

für **TOTE**. Aber euer Freund Jesus ist

am **LEBEN**. Er ist auferstanden! Als ihr

mit ihm in Galiläa wart, hat er euch doch gesagt,

was passieren wird. ERINNERT ihr euch?

Er sagte, der Messias würde bösen Menschen zum

Opfer fallen und gekreuzigt werden — aber innerhalb

von  **3** Tagen auferstehen." Natürlich erinnerten

sie sich! Und sofort eilten sie zu den Jüngern,

um ihnen die **GUTE** Nachricht zu überbringen.

Doch als sie zu ihnen kamen und erzählten, was sie gesehen hatten, wollte ihnen

niemand (glauben)! Die Jünger dachten, die Frauen hätten **ALLES** nur erfunden.

Also ging Petrus mit einem der anderen Jünger los, um sich selbst

ein Bild zu machen. Als er in die Grabstätte trat, fand er nur das

LEINTUCH vor, in das man Jesus

gewickelt hatte. Und wie die Frauen ging er

STAUNEND zurück zu den anderen. Dann fingen sie an zu

überlegen. Wo war Jesus wohl jetzt? Warum hatten sie damit

nicht gerechnet? Wie konnten sie VERGESSEN, was er ihnen

gesagt hatte? Was würde wohl als Nächstes passieren?

Sie redeten den ganzen Tag. Am Abend kamen 2 Jünger zurück,

die zuvor nach **EMMAUS** gegangen waren. Aufgeregt erzählten sie,

dass ihnen auf dem Weg tatsächlich Jesus **BEGEGNET** wäre und mit ihnen

gesprochen hätte. In diesem Moment erschien Jesus ihnen allen! Er stand plötzlich

im Raum, einfach so – **ZACK!** –, aus dem NICHTS heraus!

Die Jünger erstarrten vor Angst. Sie hielten ihn für ein  .

 Aber Jesus beruhigte sie: „Gespenster sind nicht aus

Fleisch und Blut. Berührt meine **HÄNDE** und **FÜßE** und ihr werdet merken:

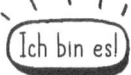 Und wenn ich's mir recht überlege, hab ich Hunger." Deshalb machten

die Jünger ihm rasch etwas zu essen. Und mit dem Mund voller Fisch sagte

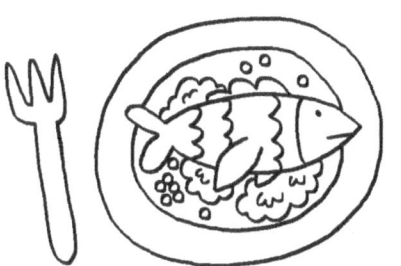

Jesus: „Gespenster brauchen, wie ihr wisst,

nichts zu essen!" **SCHLIEßLICH**

sprach er mit ihnen über alles, was

**MOSE**, die Propheten und die Psalmen über den Messias vorhergesagt hatten. Er

half ihnen zu **VERSTEHEN**, dass es dem von Gott Gesandten vorherbestimmt war, zu sterben und aufzuerstehen. Er war gekommen, damit die Menschen Gott

wieder ihre **HERZEN**  öffneten, und um ihnen zu vergeben, was immer sie

falsch gemacht hatten. „Ihr seid meine Zeugen", sagte

er. „Ihr habt GESEHEN, was ich getan, und GEHÖRT,

was ich gelehrt habe. Und nun wisst ihr, dass ich lebe ! Also geht und erzählt

der Welt davon. Fangt gleich hier in Jerusalem damit an. Aber wartet noch einen

Moment, denn ich habe noch **EIN GESCHENK**  für euch: das

Versprechen meines Vaters, euch die nötige Kraft zu geben, um diesen Auftrag

zu erfüllen." Und so plötzlich, wie er erschienen war, verschwand Jesus wieder.

WuSCH!

HIER LANG (GUTE IDEE!)

# EINE GENIALE IDEE

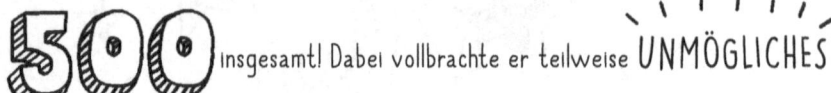

Jesus war am **LEBEN**! Und in den folgenden 40 Tagen besuchte er seine Freunde, **500** insgesamt! Dabei vollbrachte er teilweise UNMÖGLICHES

und erschien zum Beispiel wie aus dem Nichts in einem verschlossenen Raum.

Dann wieder beschäftigte er sich mit ganz alltäglichen Dingen wie Fische braten am

Seeufer. Und das alles dank seines neuen, wiederauferstandenen Körpers, der für die

**EWIGKEIT** gemacht war. „Ich möchte, dass ihr meine Geschichte jedem auf der

Welt erzählt", sagte Jesus zu seinen Anhängern. „Macht alle Menschen zu meinen Jüngern.

Tauft sie im Namen des **VATERS** und des SOHNES und des **HEILIGEN**

**GEISTES**. Lehrt sie ALLES, was ich euch gelehrt

habe. Dann werde ich mitten unter euch sein. Für immer und

ewig." Aber wie sollte er immer und überall bei ihnen sein? Jesus

erklärte ihnen, dass sie in Jerusalem bleiben und warten sollten.

Gott hätte versprochen, ihnen etwas

Wunderbares mit auf den Weg zu geben.

Dann führte Jesus sie auf einen BERG. Und von dort

stieg er – vor ihren Augen – auf in den Himmel und

verschwand in einer WOLKE.  2 Engel

beruhigten die Jünger: „Keine Sorge! Eines Tages wird er

auf dieselbe Weise zurückkehren, auf die er entschwunden ist." Also kehrten die

Jünger nach JERUSALEM zurück und warteten, wie Jesus es ihnen aufgetragen

hatte. Und einige Tage später, als sie gerade beteten, wurde das Versprechen

eingelöst. Wie so oft, wenn Gott seine VERSPRECHEN wahr machte, geschah

das in Begleitung von WIND und FEUER. Ein Sturm erfüllte den Raum, und ein

Feuer loderte über ihren Köpfen. Es war das **VERSPRECHEN** des Heiligen Geistes.

Und als sie erfüllt waren vom Geist Gottes, fingen die Jünger an zu reden in fremden

233

**SPRACHEN**, die sie nie gelernt hatten. Sie stolperten hinaus auf die Straße und

**ERZÄHLTEN** die Geschichte Jesu in jeder Landessprache. Weil gerade das

WIR SIND NICHT BETRUNKEN!

jüdische **PFINGSTFEST** gefeiert wurde, waren Juden

aus aller Welt nach Jerusalem gekommen. Und diese wunderten

sich nun sehr darüber, dass sie die Geschichte in ihrer jeweiligen

Sprache zu **HÖREN** bekamen. „Das sind doch ungebildete Leute aus

kleinen Dörfern oben im Norden von Galiläa", stellten einige fest.

„Wieso können die das?" „Ach, die brabbeln nur so vor sich hin!", meinten

andere. „Die haben zu viel getrunken." Doch Petrus widersprach ihnen und stellte

die Sache **RICHTIG**: „Aus uns spricht nicht der Geist des Weines!", erklärte er.

„Nein, wir sind voll von Gottes Heiligem Geist! Der Prophet **JOËL** hat es vor vielen

Jahren vorhergesagt: dass eines Tages alle Menschen – ob JUNG oder ALT, MANN

oder FRAU, HERR oder SKLAVE - den Geist Gottes

empfangen werden. Ihr fragt, wie es dazu kam? Allein

durch Jesus! Jesus, der für euch **WUNDER**

vollbracht hat. Jesus, der euch vom Himmelreich erzählt

hat. **JESUS**, der der Messias war, auf den wir

alle gewartet haben. Und Jesus, den ihr gekreuzigt habt. Aber weil er der MESSIAS

war, hat Gott ihn von den Toten auferweckt, und wir haben ihn gesehen! Ja, wir sind

Zeugen des lebendigen MESSIAS, der zu Gott in den Himmel aufgefahren ist und nun

an seiner Seite regiert!" Die Menschen waren von dieser Nachricht **SCHOCKIERT**.

Warum mussten sie ausgerechnet den töten, auf den sie so sehr gewartet hatten?

Verzweifelt riefen sie Petrus zu: „Was sollen wir tun?" Petrus antwortete: „Bittet

Gott um **ENTSCHULDIGUNG** für das, was ihr getan habt. Ändert euer

Leben. Lasst euch taufen im Namen von Jesus. Dann wird Gott euch eure Sünden

vergeben und auch euch mit seinem Heiligen Geist **BESCHENKEN**!" Und

**3000** Menschen folgten seinen Worten. Doch das war erst

der ANFANG einer Geschichte, die sich von dort aus über die ganze **WELT**

verbreitete. Und richtig, es sollte noch mehr kommen! Sehr viel

**MEHR**!

# FAMILIENZUWACHS

Ausgehend von einer **KLEINEN** Versammlung im oberen Stock eines Hauses war

die Zahl der Anhänger Jesu an einem einzigen Tag auf über **3000**

gestiegen! Aber was genau war nun ihre Aufgabe? Zunächst einmal mussten sie mehr

über Jesus erfahren. Die Apostel – gemeint sind die **12** Jünger (minus Judas

natürlich), die Jesus drei Jahre lang begleitet hatten – gaben also weiter, was

Jesus sie **GELEHRT** hatte. Und wie in einer richtigen Familie verbrachten die

frischgebackenen Nachfolger Jesu viel Zeit miteinander, beteten und aßen gemeinsam.

Außerdem feierten sie zusammen dieses **BESONDERE** Mahl, das Jesus mit

seinen Jüngern geteilt hatte, das Abendmahl – mit Brot als Leib

und Wein als Blut Jesu. Sie teilten auch ihren Besitz miteinander. Und wenn jemand

ETWAS brauchte, verkaufte ein anderer einen Teil dessen, was er besaß, um das

Nötige beschaffen zu können. Und sie gingen **REGELMÄßIG** in den Tempel.

Sie waren Juden wie Jesus und seine Jünger, und der Tempel war der Ort, an dem sie

ihren GOTTESDIENST abhielten. Dort begegneten sie vielen anderen Menschen,

und dadurch vergrößerte sich die Zahl derer, die Jesus nachfolgten. Die Anhängerschaft

wuchs auch mithilfe einiger Wunder, die die Apostel

HABT IHR
WAS ÜBRIG
FÜR MICH?

auf den Spuren Jesu vollbrachten. **WUNDER**

wie dieses: Petrus und Johannes waren auf dem Weg zum Tempel. Vor

dem Tempeltor saß ein Mann, der nicht gehen

konnte. Jeder kannte ihn. Er war von Geburt an gelähmt, und JEDEN Tag brachte man

ihn hierher, damit er betteln konnte. Als er Petrus und Johannes kommen sah, bat er

sie um Geld. Petrus sagte schlicht: „Sieh uns an." Der Mann deutete das als **GUTES**

Zeichen. Wenn Leute ihm nichts geben wollten, ignorierten sie ihn für gewöhnlich. Also

sah er Petrus an, in Erwartung, ein paar Münzen zu bekommen. Aber Petrus

hatte **ETWAS** anderes vor: „Ich habe weder Silber noch Gold", sagte er, „aber ich

gebe dir etwas anderes. Im Namen von **JESUS**,

dem Messias, sage ich dir: Steh auf und geh!" Dann

nahm Petrus die rechte Hand des Mannes und **HALF** ihm

auf die Beine. Und tatsächlich: Der Mann konnte gehen. Er

machte sogar einen **FREUDENSPRUNG**! Zusammen mit

Petrus und Johannes betrat er den Tempel, **HÜPFTE** umher und

**LOBTE GOTT**. „Ist das nicht der **GELÄHMTE**, der immer vor dem Tempel bettelt?",

fragten die Leute. „Wie ist das möglich?" Und ungefähr so, wie er es an

**PFINGSTEN** getan hatte, beantwortete Petrus ihre Fragen: „Nicht wir haben

diesen Mann geheilt. Er wurde **GESUND** durch **JESUS**, den Gott

uns versprochen und gesandt hat. Den ihr getötet habt und

den Gott von den **TOTEN** auferweckt hat. Wir haben ihn gesehen,

lebendig! Durch unser Vertrauen in ihn kann dieser Mann nun gehen.

Ihr müsst euch **ENTSCHULDIGEN** für den Anteil, den ihr am Tod Jesu habt.

Bereut eure Sünden, damit Gott euch vergeben kann. Ihr müsst erkennen, dass Jesus tatsächlich der Messias war, den **SOWOHL** Mose **ALS AUCH** die Propheten

angekündigt hatten." Viele der Zuhörer glaubten, was Petrus sagte. Und die Zahl der

Gläubigen stieg an diesem Tag auf **FÜNFTAUSEND**! Doch einigen

Religionsführern gefiel es ganz und gar nicht, dass Petrus

**WIR HABEN IHN DOCH NUR GEHEILT!** behauptete, Jesus sei von den

Toten auferstanden. Kurzerhand ließen

sie Petrus und Johannes **VERHAFTEN** und ins

Gefängnis werfen. „Wir haben nichts anderes

getan, als einen Mann zu heilen, der **40** Jahre lang gelähmt war",

verteidigten sich Petrus und Johannes. Die Menge war begeistert davon, dass der

Mann wieder gehen konnte. Was also sollten die Religionsführer tun? Sie konnten

Petrus und Johannes kaum für diese Tat **BESTRAFEN** lassen. Aber sie verlangten von

den beiden, dass sie **AUFHÖRTEN**, über Jesus zu reden. Da antwortete Petrus

mutig, dass er nur die **BEFEHLE GOTTES** befolgen müsse, nicht die der

Menschen. Daraufhin ließ man sie **FREI**.

# VOM SAULUS ZUM PAULUS

SAULUS war ein kluger Mann, ein guter Lehrer und ein leidenschaftlicher

Verfechter des jüdischen Glaubens. Die Anhänger Jesu waren ebenso

**LEIDENSCHAFTLICHE** Verfechter des jüdischen Glaubens. Sie

waren überzeugt, dass Jesus der Messias war, der Retter, den Gott

ihnen immer versprochen hatte. Und genau das war der Punkt, an dem ihre Meinungen

auseinandergingen. Saulus glaubte **NICHT**, dass Jesus der von den Toten

auferstandene Messias war. Für ihn war das alles eine große **LÜGE**, deren

Verbreitung unbedingt **GESTOPPT** werden musste, und so sagte er den Anhängern

Jesu den Kampf an. Je erbitterter Saulus die Anhänger Jesu *VERFOLGTE*, desto

weiter trieb er sie fort und desto weiter verbreiteten

sie – zu seinem Ärger – ihren „falschen" Glauben: von

Jerusalem über **SAMARIA** nach **DAMASKUS** in

Syrien. Deshalb bat er um die Erlaubnis, nach Damaskus reisen und

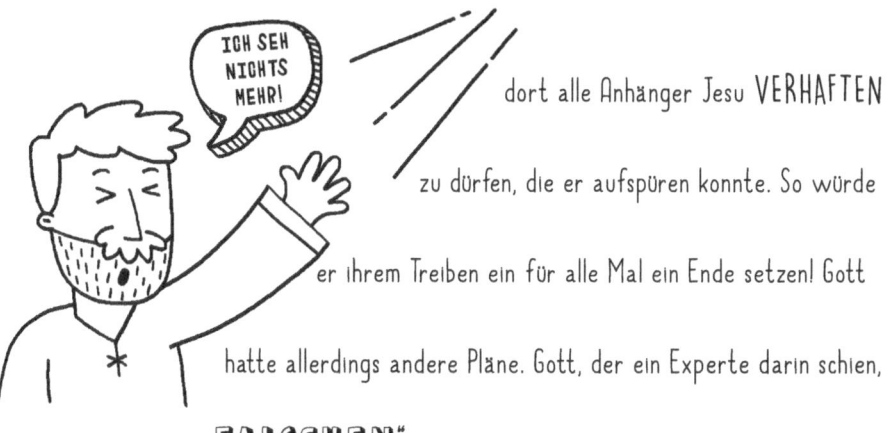

dort alle Anhänger Jesu VERHAFTEN

zu dürfen, die er aufspüren konnte. So würde

er ihrem Treiben ein für alle Mal ein Ende setzen! Gott

hatte allerdings andere Pläne. Gott, der ein Experte darin schien,

die vermeintlich „**FALSCHEN**" Leute in seinen Dienst zu stellen – wie den

**NEUNZIGJÄHRIGEN**, der zum Urvater ganzer Nationen wurde.

Oder den stammelnden **HIRTEN**, der dem Pharao die Stirn bot. Oder den

Jungen, der einen RIESEN tötete ... Als Saulus auf dem Weg nach Damaskus

war, machte Gott ihn auf sich aufmerksam. Diesmal nicht mit einem brennenden Busch,

aber es funktionierte mindestens genauso gut. Denn plötzlich umstrahlte Saulus ein

vom Himmel kommendes, gleißend **HELLES** Licht. Er war **GEBLENDET**

und fiel zu Boden. Da ertönte von oben eine Stimme:

„Saulus, o Saulus. Warum verfolgst du mich so hartnäckig?"

„Ich hab keine Ahnung, wer du bist!", rief Saulus. „Ich bin Jesus!",

antwortete die Stimme. „Mir SCHADEST du, wenn du meine

241

Anhänger jagst. Also, steh jetzt **AUF** und geh nach Damaskus. Dort wird man dir

sagen, was du tun sollst." Saulus erhob sich. Und weil auch seine Begleiter die

**STIMME** gehört hatten, waren sie sofort bereit, ihren so plötzlich erblindeten

**GEFÄHRTEN** an die Hand zu nehmen und in die Stadt zu führen. Dort wartete

Saulus **3** Tage in völliger Dunkelheit. Er aß nichts. Er trank nichts. ALLES,

woran er geglaubt hatte, ALLES, wofür er gekämpft hatte, seine ganze Welt

stand Kopf. Jesus **LEBTE** tatsächlich, er hatte zu HANANIAS

ihm gesprochen. Was würde Jesus nun tun mit ihm, der dessen

Anhänger verfolgt und ihrer Hinrichtung zugestimmt hatte? Die

Antwort auf diese Frage kam in Gestalt von **HANANIAS**,

einem Nachfolger Jesu. Auch zu ihm hatte Jesus gesprochen. Zwar war er von

keinem Licht geblendet worden, aber der Auftritt war nicht weniger dramatisch

JUDAS' HAUS

gewesen! „Geh in die Gerade Straße", hatte Jesus gesagt,

„zum Haus von Judas. Dort ist Saulus. Ihm ist beim

Beten ein Mann **ERSCHIENEN**, der dir

242

**AUFFALLEND** ähnlich SAH und ihm durch Handauflegen sein Augenlicht wiedergab."

„Saulus?", rief Hananias. „Der Ich-töte-deine-Anhänger-Saulus? Der Ich-werf-euch-ins-Gefängnis-Saulus?

**ICH KANN WIEDER SEHEN!**

Dieser Saulus?" „Genau der", antwortete Jesus, und:

„Ich habe etwas mit ihm vor, verstehst du?

Auch **MENSCHEN**, die keine Juden sind, sollen von

mir erfahren. Und ich habe Saulus auserwählt, ihnen von mir zu erzählen!" Also ging

Hananias zur Geraden Straße, zum Haus dieses Judas. Als er Saulus **GEFUNDEN**

hatte, legte er ihm seine Hände auf. Da erhielt Saulus seine **SEHKRAFT** zurück und

war erfüllt vom Geist Gottes. Saulus ließ sich taufen. Dann aß er etwas und ging

geradewegs hinaus nach Damaskus, aber nicht, um mit den Nachfolgern Jesu kurzen

**PROZESS** zu machen, sondern um sich ihnen anzuschließen und **JEDEM** Menschen

von Jesus zu erzählen!

# ERWEITERUNG
# DER SPEISEKARTE

„Ein Segen für die ganze Welt", das würde seine Familie sein, so hatte Gott es zu

Abraham gesagt. Und zwar noch bevor Abraham überhaupt eine Familie besaß!

**ERINNERST** du dich? Das bedeutete, dass Gott nicht nur an

Abrahams Familie und dem aus ihr hervorgegangenen Volk

interessiert war, sondern an ALLEN Völkern und Familien dieser **ERDE** – ganz

gleich, ob sie jüdisch waren oder nicht. Und um auch den **HEIDEN** seine

Geschichte zu erzählen, hatte Gott Saulus ausgewählt. Als „Heiden" bezeichneten

Juden jene Menschen, die nicht zu Abrahams Familie gehörten, sie galten

als „unrein". Und wenngleich sich bereits Mose, die Propheten und Jesus

daran versucht hatten, diesen Irrtum zu berichtigen, musste Gott

es den Anhängern Jesu – insbesondere auch ihren religiösen Oberhäuptern – noch

einmal UNMISSVERSTÄNDLICH klarmachen. Zu

diesem Zweck schickte er Petrus eine Vision – als dieser

gerade auf dem Dach eines Hauses in **JOPPE** betete. Petrus war **HUNGRIG**.

Das Essen war noch nicht fertig, und während er wartete, verfiel er in eine Art

Tagtraum. Der Himmel öffnete sich und ein **GROSSES** Leintuch wurde

waagerecht heruntergelassen. Das Tuch war voller Tiere,

darunter Vögel und Reptilien. Durch das **QUAKEN** und ZISCHEN,

**SCHNATTERN** und GRUNZEN drang eine Stimme zu Petrus: „Steh auf, Petrus!

Schlachte und iss!" Aber abgesehen von der Tatsache, dass Petrus nicht vorgehabt hatte,

sein **ESSEN** selbst zu erlegen und zuzubereiten, gab es da ein Problem: Jedes

Geschöpf auf dem Tuch stand auf der Liste jener Tiere, die Juden nicht essen

**DURFTEN**. Schweine und Pelikane. Frettchen und Frösche.

Mäuse und Maulwürfe. Und VIELE andere mehr. Deshalb sagte Petrus: „Nein! Niemals!

Noch nie habe ich gegessen, was unser Gesetz uns als ‚unrein‘ verbietet!" Doch die

Stimme antwortete schlicht: „Wenn Gott es ‚**REIN**‘ nennt, sollst du es nicht ‚unrein‘

nennen!" Diese Anweisung erging drei Mal. Und als die VISION vorbei war und Petrus

noch über ihren Sinn nachgrübelte, rief jemand durch das Tor zu ihm herauf. „Wir suchen

Petrus", sagten die Besucher. „Ist er da?" Der Heilige Geist befahl

KORNELIUS

Petrus, zu den Männern nach UNTEN zu gehen: „Ich habe sie

gesandt, und ich will, dass du mit ihnen gehst." Als Petrus mit

den Männern sprach, wurde ihm die Bedeutung der Vision

plötzlich KLAR. „Wir kommen von Kornelius aus Cäsarea", erklärten die Gäste. „Er

ist ein **GOTTESFÜRCHTIGER** Mann, der von den Juden sehr geschätzt wird,

auch wenn er selbst kein Jude ist. Ihm ist ein Engel erschienen, der ihm gesagt hat, er

soll dich in sein HAUS einladen. Deshalb sind wir hier." Juden war es weder **ERLAUBT**,

„unreine" Speisen zu essen noch Häuser von „unreinen" Leuten zu betreten – Leuten

wie diesem Heiden KORNELIUS. Doch wenn Gott ihm

sagte, er solle zu Kornelius gehen, dann betrachtete er offenbar den Umgang mit

Heiden als **„REIN"**, ebenso wie die erschienenen Tiere. Also begleiteten Petrus und

einige andere Anhänger Jesu die Männer zu Kornelius. Dessen Haus war VOLLER

Verwandter und Freunde, alle Heiden wie er. Petrus erzählte ihnen von Jesus. Und noch

bevor er zu Ende gesprochen hatte, kam der **HEILIGE GEIST** über diese

Heiden, so wie er an Pfingsten über Petrus und seine Freunde gekommen war, und sie

redeten in den verschiedensten **SPRACHEN** und LOBTEN Gott. Petrus und seine

jüdischen Freunde staunten. Daraufhin taufte Petrus jeden im Haus und alle wurden zu

Nachfolgern Jesu. Fortan galten Heiden nicht mehr als „unrein" wie **SCHWEINE**

und **SCHWÄNE**, FRETTCHEN UND **FRÖSCHE**, sondern waren willkommen

in der Familie Gottes.

**TOLL!**

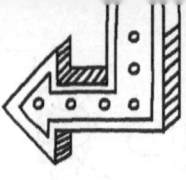

# HEFTIGE ERSCHÜTTERUNGEN

Saulus erzählte unermüdlich die Geschichte von Jesus. Und irgendwann änderte er

seinen Namen von Saulus zu Paulus. **WOCHE** für **WOCHE**, MONAT für

MONAT, **JAHR** für **JAHR** und STADT für STADT

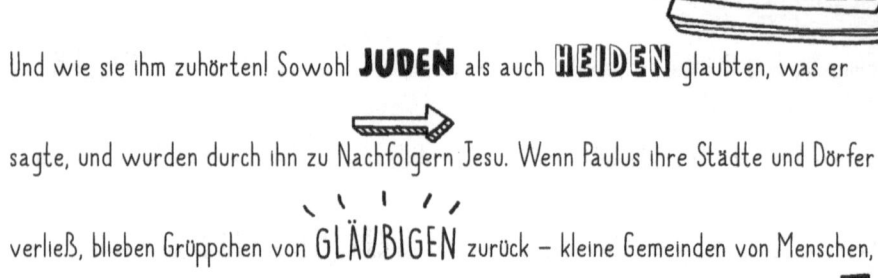

verkündete er allen, die zuhören wollten, die Frohe Botschaft.

Und wie sie ihm zuhörten! Sowohl **JUDEN** als auch **HEIDEN** glaubten, was er

sagte, und wurden durch ihn zu Nachfolgern Jesu. Wenn Paulus ihre Städte und Dörfer

verließ, blieben Grüppchen von GLÄUBIGEN zurück — kleine Gemeinden von Menschen,

die zusammen beteten und sangen und sich gegenseitig unterstützten. Am Ende dieser

langen Reise kehrten Paulus und sein Begleiter Barnabas schließlich nach Jerusalem

zurück. Die Apostel waren **BEGEISTERT**, als sie hörten, wie viele Menschen zum

Glauben an Jesus gefunden hatten. Als Paulus zu seiner zweiten Reise aufbrach, nahm

er einen Mann mit, der **SILAS** hieß. In Lystra schloss

sich ihnen noch ein jüngerer Mann namens **TIMOTHEUS**

an. Bisher hatte Paulus lediglich Städte in KLEINASIEN (der heutigen Türkei) besucht.

Dort wollte er auch weiterhin wirken, doch der HEILIGE GEIST machte ihm einen Strich durch die Rechnung. Eines Nachts hatte Paulus eine Vision. Er sah einen Mann aus MAZEDONIEN (an der Außengrenze des heutigen Europa). Dieser bat ihn, zu ihm zu kommen. Also fuhren Paulus und seine Männer ÜBER das Meer nach Mazedonien. Und so verbreitete sich die Geschichte Jesu noch WEITER! Sie reisten in eine Stadt namens Philippi.

Dort trafen sie Lydia, eine Geschäftsfrau. Als sie ihr von Jesus erzählten, ließ sie sich zusammen mit ALLEN anderen aus ihrem Haus taufen. Es schien gut zu laufen! Doch dann trafen sie eine Sklavin, die von ihren Herren gezwungen wurde, den Menschen gegen Bezahlung wahrzusagen. Paulus erkannte, dass sie diese Fähigkeit hatte, weil sie von einem BÖSEN Geist besessen war, und verjagte ihn im Namen Jesu. Die junge Frau

VIELEN DANK!

war GEHEILT, aber ihre „Besitzer" rasten vor Wut, weil sie

ihnen nun kein Geld mehr einbringen konnte. Deshalb **ZERRTEN** sie Paulus und

Silas auf den Marktplatz vor den Richter. Der Richter entschied, dass Paulus und Silas

**AUSGEPEITSCHT** und ins Gefängnis (geworfen) werden sollten.

**IN DER BIBEL
LANDEN IMMER WIEDER
MENSCHEN WIE SILAS UND
PAULUS IM GEFÄNGNIS!
KANNST DU DICH NOCH AN
DEN EINEN ODER ANDEREN
VON IHNEN ERINNERN?**

Sie hatte so gut angefangen, diese Reise übers Meer. Doch nun waren sie

eingesperrt, die **FÜßE** eingeschlossen in Holzblöcken. Aber gaben Paulus

und Silas deswegen auf? **ERSCHÜTTERTE** das ihren Glauben an Gott?

Keineswegs! In der **TIEFE** des Kerkers beteten sie bis tief in die Nacht zu Gott und

**SANGEN** Loblieder auf ihn – und die anderen **GEFANGENEN** hörten

ihnen zu. Das war auch eine Art, anderen die Geschichte Jesu zu erzählen.

Dann plötzlich **ERZITTERTE** das GANZE

Gefängnis. Türen schlugen auf, Ketten sprangen,

und die Fußfesseln von Paulus und Silas lösten sich.

Ein **ERDBEBEN**! Der Gefängnisaufseher stürzte herein, und als er die offenen

Türen sah, zog er sein Schwert, um sich selbst zu töten. Denn er wusste, dass er

sein Leben VERLIEREN würde, wenn auch nur

ein Häftling entkommen sein sollte. „Stopp!", rief

Paulus aus der Dunkelheit. „Tu dir nichts! Wir sind

noch da." Der Aufseher rief nach einer **FACKEL** – und tatsächlich:

Nicht ein Gefangener war geflohen. „Was soll ich tun?", fragte er, denn er fürchtete

noch immer um sein Leben. Da erzählte Paulus ihm die Geschichte, die er jedem erzählte.

„Vertrau auf Jesus", sagte er, „dann wirst du gerettet werden." Der Gefängniswärter

nahm Paulus und Silas mit nach Hause und versorgte ihre Wunden. Paulus und Silas

tauften ihn und seine Familie und WUSCHEN sie von ihren Sünden rein. Dann aßen

sie zusammen, und die Geschichte von Jesus verbreitete sich unaufhörlich weiter.

# EINE NEUE WELT

Johannes war alt. Sehr alt. Es kam ihm wie eine **EWIGKEIT** vor, seit er sein

Fischerboot zurückgelassen hatte und dem Ruf Jesu gefolgt war, um dessen Jünger zu

werden. Drei Jahre waren wie im *FLUG* vergangen. Er hatte **VIEL** gesehen und viel

von Jesus gelernt. Und als Jesus starb, war er der einzige Jünger, der zusah. Er war

es auch, der die Mutter Maria nach Hause brachte und sich um sie kümmerte. Darauf

folgten **3** Tage, in denen die Zeit stillzustehen schien. Drei lange, **TRAURIGE**

Tage. Und als die Frauen kamen und erzählten, dass der Leichnam von Jesus

verschwunden wäre, *RANNTE* er mit seinem

Freund Petrus zum Grab, um sich davon zu überzeugen.

Jesus war tatsächlich weg. Doch später am Tag war er wieder

da! Denn er erschien ihnen allen, lebendig, auferstanden von

den **TOTEN**. Und vierzig Tage später fuhr Jesus auf in

den Himmel. Als Johannes und seine Freunde in Jerusalem

warteten, kam Gottes Geist auf sie HERAB, erfüllte sie und gab

ihnen die Kraft, die Arbeit von Jesus auf der ganzen Welt

fortzusetzen. In den JAHREN und **JAHRZEHNTEN**, die

folgten, verbreitete sich die Frohe Botschaft WEITER

und WEITER. Männer und Frauen folgten Jesu nach, so wie Johannes, und fast

ÜBERALL entstanden Kirchen. Doch manchen mächtigen Leuten gefiel das gar nicht.

Und es dauerte nicht lange, bis Christen aufgrund ihres Glaubens VERHAFTET,

EINGESPERRT und HINGERICHTET wurden. Dieses Schicksal traf die

meisten Freunde von Johannes, die wie er Anhänger von Jesus

waren. Johannes selbst war auf die Insel Patmos vor der

griechischen Küste verbannt worden. Da erschien ihm

Jesus wieder! Und in einer VISION offenbarte sich ihm, was Gott in der

Vergangenheit getan hatte, was er im Moment tat und

was er in der Zukunft tun würde. Es waren seltsame

Bilder. Johannes hielt sie schriftlich fest. Wir nennen sein Buch die **OFFENBARUNG**. Ganz am Ende dieses Buches notiert er: „Ich sah einen

neuen Himmel und eine **NEUE** Erde, denn der erste Himmel und die erste Erde

waren vergangen. Und die Meere mit ihnen. Und vom Himmel **HERAB** stieg ein neues

Jerusalem, **STRAHLEND SCHÖN** wie eine Braut. Dann hörte ich eine

Stimme, eine laute Stimme vom Thron Gottes. ‚**SEHT!**', sagte die Stimme,

‚Gott wird unter Frauen und Männern sein Zelt aufschlagen und in ihrer Mitte

wohnen. Er wird ihr Gott und sie werden sein Volk sein. Er wird ihnen die Tränen

von den Augen wischen. Denn es wird keinen Tod mehr geben. Wirklich!

Und auch keine **TRAUER** mehr, keine **KLAGE** und keinen **SCHMERZ**.

Denn alles, was war, ist vergangen. Gott macht alles neu!'" Und so wird noch mehr

kommen, sehr viel mehr …

BIS IN ALLE EWIGKEIT!

warteten, kam Gottes Geist auf sie HERAB, erfüllte sie und gab

ihnen die Kraft, die Arbeit von Jesus auf der ganzen Welt

fortzusetzen. In den JAHREN und JAHRZEHNTEN, die

folgten, verbreitete sich die Frohe Botschaft WEITER

und WEITER. Männer und Frauen folgten Jesu nach, so wie Johannes, und fast

ÜBERALL entstanden Kirchen. Doch manchen mächtigen Leuten gefiel das gar nicht.

Und es dauerte nicht lange, bis Christen aufgrund ihres Glaubens VERHAFTET,

EINGESPERRT und HINGERICHTET wurden. Dieses Schicksal traf die

meisten Freunde von Johannes, die wie er Anhänger von Jesus

waren. Johannes selbst war auf die Insel Patmos vor der

griechischen Küste verbannt worden. Da erschien ihm

Jesus wieder! Und in einer VISION offenbarte sich ihm, was Gott in der

Vergangenheit getan hatte, was er im Moment tat und

was er in der Zukunft tun würde. Es waren seltsame

Bilder. Johannes hielt sie schriftlich fest. Wir nennen sein Buch die **OFFENBARUNG**. Ganz am Ende dieses Buches notiert er: „Ich sah einen neuen Himmel und eine **NEUE** Erde, denn der erste Himmel und die erste Erde waren vergangen. Und die Meere mit ihnen. Und vom Himmel **HERAB** stieg ein neues Jerusalem, **STRAHLEND SCHÖN** wie eine Braut. Dann hörte ich eine Stimme, eine laute Stimme vom Thron Gottes. ‚**SEHT!**', sagte die Stimme, ‚Gott wird unter Frauen und Männern sein Zelt aufschlagen und in ihrer Mitte wohnen. Er wird ihr Gott und sie werden sein Volk sein. Er wird ihnen die Tränen von den Augen wischen. Denn es wird keinen Tod mehr geben. Wirklich! Und auch keine **TRAUER** mehr, keine **KLAGE** und keinen **SCHMERZ**.

Denn alles, was war, ist vergangen. Gott macht alles neu!'" Und so wird noch mehr kommen, sehr viel mehr …

BIS IN ALLE EWIGKEIT!